文春文庫

わが殿

上

畠中恵

文藝春秋

目次

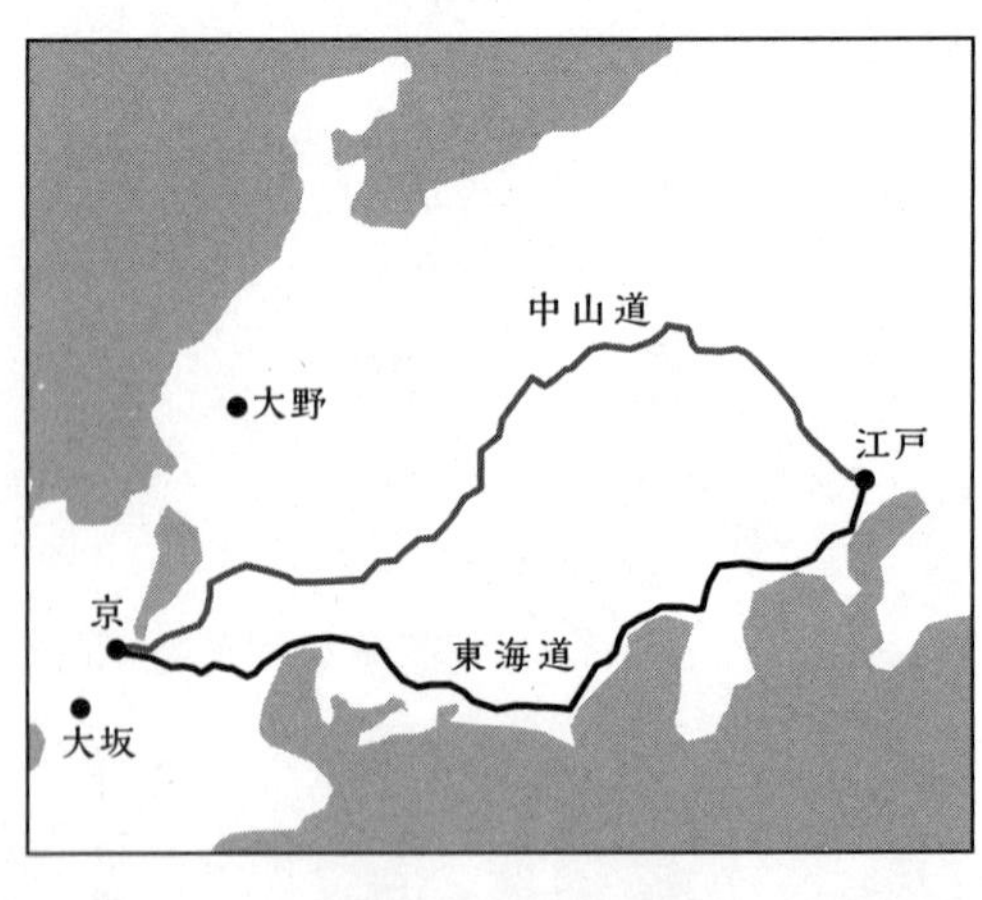

主要登場人物

土井利忠（どいとしただ）
八歳で元服し、大野藩主となる。莫大な赤字を抱える大野藩の財政を立て直すため、様々な藩政改革を断行しようとする。

内山七郎右衛門（うちやましちろうえもん）
大野藩士で、わずか八十石の内山家の長男。利忠に登用され、財政改革の実務を担うようになる。利忠の四歳上。

内山隆佐（りゅうすけ）
七郎右衛門を支える、内山家の次男。文武ともに、若い頃からその才能を見込まれていたが、金については大雑把。

内山介輔（かいすけ）
七郎右衛門と二十歳離れた、内山家の末っ子。しっかり者で、武芸も達者。

中村重助（なかむらじゅうすけ）
利忠からの信頼の厚い、大野藩の重役。

わが殿

目次・扉イラスト　山本祥子
デザイン　野中深雪

序

殿十五歳
七郎右衛門十九歳

一

内山七郎右衛門は、いかめしい名を名のっているが、まだ十九の若者であった。日本海側の越前にある小藩、大野藩に仕える侍で、おまけに八十石という、少なめの禄を頂く家の長男だから、何ともぱっとしない。

しかし、だ。並々だと思っていた己の毎日が、ある日、突然動いた。

初めて江戸に向かい、藩の上屋敷でお役目に就いた日、七郎右衛門は己の運命に出会ったのだ。

生涯を懸け、己の命と、大野藩の全てを懸けることになる、藩主土井利忠公を知ることになった。

公は、四つ年下であった。

いかにも、名君という面の方であった。

才気煥発な方でもあった。しかし笑顔が恐ろしいと、七郎右衛門は思ってしまった。

とんでもなく、引かれる人柄であった。

だが公は、魔王と呼ばれたこともある、織田信長公に、どこか似ていた。

そして七郎右衛門は、その考えを、公が暮らしておいでの上屋敷で、つい口にしてしまった。

おまけにその言葉を、当の公に聞かれてしまったのだ。


越前国にある大野藩では、そこそこの禄高がある武家の子は、まずは大小姓のお役目から、勤め始めることが多かった。藩主の暮らす御殿へ上がり、殿のお側で細かな用をこなしつつ、仕事を覚えて行くわけだ。

父親が初めてお役に就いたときは、屋敷の直ぐ前にある大野城へ行き、見習いのようなお役に就いたと、七郎右衛門は聞いていた。

ところが、七郎右衛門が勤め始める時は、同じようにはいかなかった。

国元には今、殿がおられなかったからだ。先代藩主が早くに身罷ったので、当代の利忠公は、まだ八つの時に大野の主となった。そしてその後、生まれた江戸の上屋敷で、ずっと暮らしているのだ。

若殿は、大野へ初めて入る入部も済んでいない。藩主ではあるが、まだ己の領地を目にしたことすらなかった。

つまり七郎右衛門は、大小姓のお役目に就く事が決まると、江戸の大野藩上屋敷へ向かうことになった。初めて生まれ育った大野を離れ、江戸まで旅をして、しばしその地で暮らすことになったのだ。

（わしは、道中でしくじりをせず、無事に大野藩上屋敷へ着けるだろうか）

大野から江戸へ向かう道中、慣れないことばかりで、七郎右衛門は毎日気を張り続けた。東海道では名物も売っていたが、途中、買うことを頼まれている膏薬(こうやく)代が気になり、金を使う気になれない。

すると街道を歩いている時、七郎右衛門は更に狼狽(うろた)え、目を見張ることになった。共に上屋敷へ向かうことになった旅の連れ、石川官左衛門(かんざえもん)から、思いも掛けないほど大きなことを問われたからだ。

「七郎右衛門殿、お主は死ぬまでに、どんな者に成りたいかな？」

「えっ？　……あの、死ぬまでに、ですか」

寸の間(すんのま)、言葉が続かなかった。すると官左衛門は横を歩きつつ、思いも掛けない言葉を重ねてきた。目指すべきものとして、とんでもない三つの例を挙げたのだ。

「戦国の武将のように、国を興(おこ)す者を目指すか。おお、出来たら天下に名が響くな」

「名を知られた名将と並ぶ、戦(いくさ)上手となるか。これを選ぶのなら、誰のようになりたいか、名を言いなさい」

「天下の剣豪になるのも良い。さて誰に勝てば、剣豪と言われるかな」

七郎右衛門は一瞬思わず、口をへの字にしてしまった。

「その、どうしてその三択なのですか？」

正直に言えば、そんな先のことなど、考えたこともなかった。その上、戦国の世に志すような話ばかり言われ、七郎右衛門は連れを、思わず見つめてしまったのだ。

（まさか、突然惚けられたのではないよな）

思わず心配になったが、官左衛門は、何やら楽しんでいるような光を、目に宿している。それで七郎右衛門はつい、馬鹿正直な返答をしてしまった。

「あの……申し訳ありません。今、旅の支払いを考えておりまして。急に大望を述べよと言われましても」

言った途端、しくじったと思った。官左衛門が、大仰に驚いてみせたからだ。

（機転を利かせ、無難な答えを口にすればよかった）

やはりというか、呆れたような声が返ってきた。

「なんだ、何も考えておらぬのか。勤めを始める歳となったのに、七郎右衛門殿は覚悟ができておらぬな。つまらん奴だ」

「申し訳ないことです」

慌てて道端で、官左衛門へ頭を下げた。

（官左衛門殿は、頭の良い御仁だ。大層良い。愛想は悪い。大層悪い。滅多に笑わず、その上、人にも己にも厳しいお人だ）

かなり年上の連れは、藩内でも知られた頑固者だが、学がある。官左衛門は、藩の財についても明るいと言われていた。

それゆえか、しばし若殿のお側へ上がり、講義をしているのだ。今回も公の用で、江戸へ向かうと聞いていた。

よって大野では七郎右衛門を始め、結構な数の者が、よく官左衛門の蔵書を借り、学んでいる。本を買う金のない七郎右衛門にとっても、ありがたい御仁であった。そして、日頃の縁があるので、今回、共に旅をすることになったのだ。

ただ。

(己や弟の隆佐のような、大の本好き以外は、官左衛門の元へ、じき、通わなくなると聞いている。何しろ、厳しい方ゆえ)

つまり今日の問いも、こうなったら適当に誤魔化すことは許されないだろう。とにかく答えようと、己の気持ちを探っていたところ……こちらが返事をするより先に、官左衛門は七郎右衛門の弟、隆佐のことを語り始めた。どうやら既に隆佐にも、同じ問いを向けていたらしい。

隆佐は面白い返答をしてきたと、官左衛門は言葉を続けた。

「隆佐殿は、まだ十三の身ながら、わしが示した三つ、全てを目指したいと言ったぞ。まずは剣を鍛え、ひとかどの者になる。そして戦で勝ちを収め、その戦働きで、国を興すのだそうだ」

その上隆佐ときたら、近隣の藩といかに戦うかという、物騒な考えまで、事細かに披露したらしい。しかも、藩の石高が大きく違う福井藩以外には、負けはしないと言い切ったという。ただ一つ残念なのは、今が戦国の世ではないことだと、あの剛胆（ごうたん）な弟は口にしたのだ。

「いや、あの問いを聞き、あっという間に細かい戦法まで口にした者は、隆佐殿が初めてであった。今まで結構沢山の御仁に、同じ事を問うてきたのだが」

　さすがは隆佐、藩内でも才ありと言われている若者だと、官左衛門は、珍しくも楽しげに笑っている。七郎右衛門は頑固者の師に、弟が褒（ほ）められたことが誇らしく、街道を歩みつつ何度も頷（うなず）いた。

　ただ、しかし。隆佐の事を良く知るゆえ、七郎右衛門は官左衛門のように、手放しで弟の返答を褒めることなど出来なかった。

「隆佐には才があります。もし先々弟が、どちらかの家へ養子に行き、大野藩で勤めることが叶いましたら、戦でなくともお役に立ちましょう」

　兄として、そこは売り込んでおきたかった。

「ですが、その時は官左衛門殿が、隆佐が使う金子（きんす）のことを、しっかり摑（つか）んでおいて下さいまし」

「は？　金のこと？」

　生涯をかけた大望について語っていたはずが、話がいきなり金のことに逸（そ）れ、官左衛門はこれまた珍しくも、目を白黒させている。だが金に関しては、隆佐を全く信用していない七郎右衛門は、言葉を切らなかった。

「そもそも戦を行い、国を興すと言うのなら、隆佐はそれに幾ら掛かるのか、摑んでいなくてはなりません」

細かい金のことには構わず、国の明日だけを考え、号令する立場にあるのは、大野藩では殿、利忠公のみであった。臣下であれば、細かくつまらない金のことも、己でどうにか算段しなければならない。そのはずだ。

「しかし弟は、その点だけは心配で」

七郎右衛門は一つため息を漏らすと、ここで、官左衛門が先ほど問うた三択の答えを、己も答えると言ってみた。

「まず、三つ目の問いからお答えします。他国者まで承知する、天下の剣豪になるということは……正直、この七郎右衛門には、荷が重すぎます」

何しろ剣の腕では既に、六つ下の隆佐にすら勝てなくなっている。この先、己が剣豪になるとは思えないと、きっぱり言い切ると、官左衛門も笑って頷いた。

「そしてで、ございます。後の二つ、国を興す者になるとか、名を知られた戦上手になるという志ですが」

七郎右衛門は正面から、官左衛門の目を見た。

「どちらも、無理というものでございます」

「おや、三つとも、自信が無いのか」

口の端を引き上げた師に、七郎右衛門は言葉を続けた。

「自信という問題ではございません。官左衛門殿、今の大野には、そもそも戦を行う金が、ないのではありませんか？」

ならば、そんな大望を抱くのは、夢物語というものであった。そう話すと、官左衛門が片眉を引き上げ、真っ直ぐ七郎右衛門を見つめてくる。

「は？　また金の話になるのか？　なぜそう思う？」

「藩の財は今、相当苦しいのではと思っております。実は旅に出る前、途中の宿で名の通っている膏薬を買い、江戸上屋敷へ持参するよう申しつけられました」

よくある話であった。ただ。

「藩邸で使う薬ですのに、かなり切り詰めた額しか、勝手方から出ませんでした」

今、大野藩では、一年おきに行列を組み、藩主と共に江戸へ向かう、参勤交代をやっていない。八つにして藩主の座を継いだ若殿が、ずっと江戸で暮らしているからだ。

「参勤交代を行うと、大枚が掛かるときいております」

藩の行列とはいえ、旅の掛かりは、毎日使う路銀の寄せ集めだ。ならば幾ら必要かと、日数と人数を数え、己の旅に必要な額と比べて、七郎右衛門は大まかな費用をはじき出した。確かに大金が必要であった。

「その掛かりが浮いている、今の大野藩の財は、いつもより楽なはずなのです」

ところが薬を買う金すら、簡単には出なかったのが事実だ。それで七郎右衛門は、新米ではあるが、察したのだ。

「藩の財に、ゆとりがないと」

つまり今の大野藩には、死ぬほど金を食うと分かっている、戦をする余力などない。鉄砲の弾、大砲、刀一本から、その日兵が食べる飯まで、争えばありとあらゆる事に金はかかるのだ。

そして昨今、どこの藩でも借金は嵩(かさ)んでいるとの噂だから、近隣の他藩もまた、合戦に踏み出す力はないと思われた。

「つまりそもそも、隆佐が戦をしようと考えても、戦いを始めることになりません。ですから申し上げました。戦をするのも、国を興すのも無理だと」

「……大望を語るとき、まず、金の面から考えたのか。ほう」

官左衛門は何故だかここで、面白いと言って笑い出した。どうやら七郎右衛門と同じ返答をした者も、今までいなかったらしい。

「兄弟だというのに、お主と隆佐殿は、大きく違うのぉ。しかも双方、問いの答えが並ではない。いやきっと、面白いと思っていただけよう」

「面白いと、思われるとは？　どなたが思うのでしょうか」

しかし官左衛門は、愛想の悪い男にしては珍しく、青空に笑いを響かせるのみで、返事をしてはくれなかった。その様子がいつもとは違って思え、師の機嫌は良いのに臀(しり)がもぞもぞとして、落ち着かない気持ちがわき上がってくる。

（そもそも今の問いからして、奇妙なものだったよな。まるで生きるか死ぬかが常であった、戦国の世の者へ向けた、問いのように思えたぞ）

しかし、何故そんな問いを向けられたのか、不思議であった。

七郎右衛門はこれから江戸にて、勤めを始めるところなのだ。大小姓となり、大野藩上屋敷にいる重鎮の方々に、その才と心意気を測られるところだとも言える。己を、重鎮の方々に売り込む好機と、張り切る者達もいるだろう。

ただ。

（わしは八十石、つまり中程度の家柄である、内山家の長男だ。変に張り切ったとて、空回りするだけの気がするが）

己が藩の重鎮達、つまり列座の面々から期待されているとは、とても思えなかった。

今は、臣下の重鎮達が藩政を切り回しているからか、大野では、昨日までと違うことは起きにくくなっている。若殿が自ら、藩を導くようになる前に、間違いがあってはいけない。重臣達は慎重になっているのだ。

役職とて名家出の面々が、親同様、重き立場へ上っていく。七郎右衛門達、目立たぬ家の者も、親が勤めた役職をなぞって勤め、やがて歳を食って隠居をするはずであった。

（いささか残念なことだ。だが考えようによっては、気楽な生涯になるはずだな）

七郎右衛門は今から、腹をくくっているのだ。

（官左衛門殿とて、そんなことくらい承知のはずだ。なのになぜ、下克上の世、戦国の話もかくやということを、口にしたのだろう）

正直に言えば、さっぱり分からなかった。そして官左衛門は、訳を語らない。

（聞いても、答えて貰えなかろう）

頭を切り換えることにした。

七郎右衛門には、江戸で楽しみにしていることがあるのだ。機嫌が良い今ならば、詳しく聞けるかと、街道を歩みつつ、官左衛門へ問うてみた。

「上屋敷においでの殿は、お側に仕える者へ、本をお貸し下さるという話を耳にしました」

ならば自分も是非、お借りしたいと言うと、隣で官左衛門が明るい顔つきで、大丈夫だと請け合った。何度も江戸へ行っている為か、官左衛門は公の蔵書について詳しく承知しており、あれこれ語り始める。

「殿は、本を読まれるのが、それはお好きだ。実は、外つ国（とつくに）の本まであるのだぞ」

それゆえ若殿は官左衛門と、それは息が合うらしい。七郎右衛門は目を輝かせた。

「外つ国の本！　そういう本も、貸していただけるのでしょうか」

「全てではないが、貸していただけるものもある。嫌でも、読まねばならないものもあるぞ」

「はて、嫌でも、ですか？　本を読むのは楽しいですが」

しかし金がかかるから、好き放題読むというわけにも、いかないでいるのだ。

「ふふふ。上屋敷へ着けば、分かることだ」

本について語ると、官左衛門の顔つきは一層晴れやかになった。やがて二人は、東海道の風光明媚（めいび）な風景もそっちのけで、算術から海外の話まで、夢中になって話し出した。

しばしの間、物騒な問いは、七郎右衛門から遠のいていった。

二

七郎右衛門は初めて江戸を見たとき、どこまで歩いても家屋敷が続いている町の大きさに、ただ圧倒された。

四万石の大野藩で暮らす者は、二万九千人に届かないと聞いている。七郎右衛門も暮らす大野城下に住む者は、六千人と少しだ。

対して江戸で暮らす者の数は、武家も含めると、軽く百万人を超（こ）すという。七郎右衛門はその数を、ちゃんと承知していると思っていた。

だが数を知るのと、実際目にし感じるのとでは、大いに違った。賑やかな江戸の大通りを突っ切りながら、行き交う人の多さに言葉も出ず、七郎右衛門は思わず手を握りしめていたのだ。

聞き慣れない言葉を耳にしつつ、江戸城の北に位置する大野藩江戸上屋敷へ行き着いたとき、旅慣れた連れがいて本当に助かったと思った。官左衛門は途中、藩の中屋敷が浜町入堀の南側にあると話をしてくれたが、そう言われても、そもそも浜町がどこにあるか、さっぱり分からない。

その後、上屋敷の塀代わりにもなっている、侍長屋に部屋をいただいたとき、一人暮らしをする部屋の狭さに、正直ほっとした。

(江戸に慣れるのに、大分かかるだろうな)

この先、己で毎日煮炊きをすることにも、なかなか馴染めないに違いない。当分、飯を焦がさずに炊けるよう、祈ることになりそうだった。

そして。

大小姓になってひと月も経つと、七郎右衛門はようよう、上屋敷の中で、部屋を間違えないようになった。屋敷で働いている時、考え事をしつつも、手が仕事をこなすようになり、ありがたい。一人での勤めは、前は心細かったが、今は気楽で、つい独り言がこぼれ出てくる。

「しかし江戸は、思っていたのと違ったな」

何よりまず、大野藩の上屋敷や中屋敷が、かくも立派だったことに、七郎右衛門は魂消ているのだ。

「いや、わが殿は江戸の屋敷で生まれ、育っておられる。だから、この上屋敷が大きいのは、当たり前かもしれぬが」

だが七郎右衛門からすれば、大野藩の本拠地は、当然大野にある城のはずであった。よって江戸の上屋敷はぐっと小さな出先、利忠公の別邸のようなものではないかと、勝手に考えていたのだ。

だが江戸でずっと暮らしている、江戸定府の者達も入れると、百人からの人数が暮らす大野藩江戸上屋敷は、広くて賑やかだ。しかも藩は上屋敷、中屋敷の他に、下屋敷、抱え屋敷なども持っているらしい。

「そう考えると国元と江戸、どちらの屋敷が賑やかか、分からない気がしてくるな。いささか不思議だが」

すると、不思議という言葉が七郎右衛門の頭に、最近聞いた話を思い起こさせ、棚を整えていた手が止まる。大野藩上屋敷の内には今、密やかに語られている不思議な噂話があるのだ。

噂は、二百年以上も前の戦国の世、英傑として名を轟かせた者がいたと、まずは名を並べていた。神君徳川家康公と豊臣秀吉公、そして織田信長公の三人だ。そして何と、その英傑のうち、大野藩の若殿は誰に似ているかと、聞く者に問いを向けていたのだ。

（また、三つの内から一つを選ぶ問いを聞いたぞ。今度も戦国の世が、話に絡んでいるぞ）

もっともこの問いは、官左衛門が流したものではないと思う。堅い気性の御仁ゆえ、神君家康公の名を、噂に使うなどあり得ないからだ。

「やれ、誰が話を流したのか知らぬが、あれは、物騒な問いだぞ」

七郎右衛門は、眉間に皺を寄せる。

「まずは、主君を徳川の神君になぞらえるのは、恐れ多い事ではないか」

よって神君の名は、当然選べない。秀吉公の豊臣家は途絶えてしまっており、例えるのは、憚られる。そして信長公に至っては、臣下に裏切られ、命を落としているのだ。似ているなどと、言えたものではなかった。

（まあ、問われたからといって、三つの内から答えることはないか）

文箱を整えた七郎右衛門は、もう馬鹿正直は止めねばと、一人頷いた。多分英傑三人の名を、口にしてはいけないのだ。殿と聞き、心に浮かんだのは他の名だったと言って、無難な武将の名を出すべきなのに違いない。もしかしたらこの問いは、大野藩士として、そつのない問答の仕方を覚える為の、鍛錬なのかもしれないと思いついた。

「ただ、大野の藩士なら、我らが若殿の事を、語りたくなる気持ちは分かる。だから噂で、殿の名を出したのだろう」

殿が読まれる本を用意してから、七郎右衛門は頷く。己も、江戸で利忠公に仕えて以来、思わぬその人柄に、目を見張っている者の一人なのだ。

利忠公は、その生まれ育ちが、少しばかり他の藩主らとは違っていた。大野藩四万石、五代藩主利義公の長男として生まれたのに、利忠公が生まれたとき、父である利義公は、既に六代利器公を養子にし、跡を譲っていたのだ。よって利忠公は、次期藩主には、なれないと思われていた。

　ところが大野藩では、文化十五年三月、六代利器公が亡くなってしまう。まだ八つの利忠公が急ぎ義兄の養子になり、七代目を継ぐ事になった。すると五月には、公の実父利義公までが身罷ってしまい、国内が酷く騒がしかったのを、七郎右衛門は覚えている。

「されば、だ。丈夫であられれば、若殿が少々のんびり日々を過ごされていても、重鎮方は文句を言わないに違いないのだが」

　ところが利忠公は、七郎右衛門が目を見張るほど、学問に励んでいた。だから近習達も、日々書物を読むことになる。

（殿は何と、外つ国の言葉まで達者だ）

　よって七郎右衛門達若い近習は、顔を引きつらせつつ、慣れない言葉と格闘していた。外つ国の言葉を早く覚えねば、殿の白扇が飛んでくると分かったからだ。

　年上の藩士達は、学びの相手は歳近い者が良かろうと言い、勉学を若い者に押しつけ逃げている。若殿の頑張りに、ため息を漏らす重役さえいたのだ。

　七郎右衛門は奥で、ひょいと首を傾げた。

「ということは、この妙な噂話、年配の方が口にしたものだろうか」

　酒の席で酔った者が、座興で話したものが、噂に化けたのかもしれない。

「しかしなぁ。上役方が殿を例えるなら、剣豪の名も、出そうなものだが。若殿は、武芸にも熱心だ」

七郎右衛門は、学問より武芸が不得手ゆえ、いささか苦労しているのだ。若殿の意向で、上屋敷にいる近習は、日々、木刀を手に取っていた。中屋敷などへ行く時も、駆け足で己を鍛えている。

殿のお側にいる者は、文武両道という真に正しい道と向き合い、こっそり愚痴を言う羽目になるわけだ。時に、真剣での撃ち合いまである上屋敷での暮らしは、とんでもなく大変で、笑えるほど厳しい毎日なのだ。

七郎右衛門は、最後に殿の居間の内を整え、用が終わったところで、ふと気になった。

「噂で名が出た英傑は三人。本当にそのうちから選ぶなら、どの名をあげるべきかの」

答えはあっさり思い浮かび、七郎右衛門は僅かに笑みを浮かべる。

するとその時、驚くことが起きた。するりと横の襖が開いたのだ。顔を見せたのは、なんとあの石川官左衛門で、七郎右衛門は急ぎ頭を下げ挨拶をする。すると官左衛門はここで、また、思いもかけない事を問うてきた。

「それで？　七郎右衛門殿、殿はどの英傑に、似ていると思われたのかな」

「えっ」

独り言を聞かれていたと分かり、思わず顔が熱くなる。やはり官左衛門が噂の大本かと考え、七郎右衛門は顔を顰めた。

（官左衛門殿、勘弁して下さい。これは酷く、答えにくい問いです。はてさて、誰の名を出したらいいのやら）

出仕早々、馬鹿をしてはいけないと、己を諌めたあと、三英傑以外の無難な名を急ぎ探した。

（内山家は八十石、大野藩では中程度の禄の家だ。そして兄弟は、五人いるんだぞ）

更に、弟妹が増えても驚かない。

（嫁いだのは、まだ姉上一人のみだ）

父と七郎右衛門で、これから妹を嫁がせ、弟達をどうにか独り立ちさせねばならない。親兄弟に養われている武家の冷や飯食いは、妻を持つことも出来ないから、必死だ。

（この兄は、弟達を冷や飯食いにはさせぬ。きっと、何とか世に出してみせる）

両の手を握りしめる。

（だから、妙な事を口にするんじゃないぞ。大野藩は小さな藩なのだ。勤めで間抜けをすれば、噂はあっという間に広がる）

部屋に官左衛門以外の姿はないが、襖の向こうに、誰かがいるかもしれなかった。だが。目の前に正しい人、官左衛門しかいなかったからであろうか。そう思う端から、殿とお会いしてからの一ヶ月、あれこれと目にし、感じていた事が思い出されてくる。

利忠公は、本当に学問が好きだ。

殿は日の本中に、いや外つ国の新しい事にも、大いに興味を持っている。間抜けを言おうものなら、殿は扇子を投げてくる。

藩士達が暑さ、寒さでひっくり返りそうになっても、鍛錬を命じる。

万事に励まねば、殿のお側には居られない。

つまり……つまり。七郎右衛門の口は、殿について、要らぬ事を話していた。

「それがしは殿のお姿を拝見すると、織田信長公を思い浮かべます」

途端、官左衛門が片眉を引き上げた。こういう問いに、馬鹿正直に答えたうつけ者は、そうは居なかったからに違いない。

「ほお、信長公か」

一旦口に出してしまったのだ。ここで怖じけづいても仕方がなく、七郎右衛門は思いを吐いた。

「もし、今のような定まった世ではなく、信長公方が覇を競った時代に、殿がお生まれであったら。殿は名を残した英雄らと、競われたのではと思うのです」

多分、四万石の小大名ではなく、殿は何十万石もの領地を得たに違いないのだ。

だが江戸に幕府が開かれてより、二百年以上が過ぎた文政の今、戦国時の、下克上のごとき出世などあるはずもない。藩士達も、時が巡り合わせた己の主のもと、先の見えている生涯を過ごすのみであった。内山家の跡取り息子も、出世とは縁遠いように思われる。

しかし、だ。希望を見つけにくい日々の中、初めて出会った十五歳の殿は、ぞくぞくとするような人柄であった。常に、外つ国へ目を配り、学ぶ姿は、まるで信長公のように考えが新しい。

「これからの大野が楽しみです」

　信長公似ならば、甘いばかりのお方ではないと思う。だが殿であればきっと、行き詰まっている大野の藩を救って下さる。七郎右衛門は藩の隅から、それを目にするのだ。

「それは望外の幸運に違いありませぬ」

　七郎右衛門は、これ以上ない程正直に言い、言葉を結んだ。

　すると官左衛門は、口の端を引き上げる。

「なるほど、それで信長公の名を出した訳か。だが殿は、時節を待つこともお出来になるぞ。策を弄（ろう）することも、おありになるようだ」

　例えばと言い、ここで官左衛門はにやりと笑った。

「今回七郎右衛門殿が耳にした、三人の英傑と殿を比べるあの噂だが。あれは殿が自ら、上屋敷に流されたものだ」

「えっ……」

　七郎右衛門は言葉を失い、ただ目を見張る。

「でも、何故にそのようなことを……」

　すると官左衛門は、それくらい己で考えよと言い、確たる事を告げてくれない。その上、更に一言付け加えて、七郎右衛門を黙らせてしまった。

「そしてな、七郎右衛門殿、お主はこの先、どのように藩の役に立つ気なのか？　まさか、気楽な勤めをするつもりではなかろうな」

江戸までの道中では、戦の要（かなめ）は金だと、大胆なことを考えていたではないか。官左衛門はそう、言葉を続けた。

「えっ？　あれは、その」

意味が分からず、七郎右衛門は返答に詰まった。最初は大小姓として出仕出来ても、ぱっとしない家柄の己は、じきに相応の役目へ移り、大いなる殿の近くから離れることになる。遠くからたまに、殿のお姿を仰ぎ見る立場になるのだ。

（その時が来たら、それは寂しいだろうな。だがほっとするかもしれない）

そう思う怠（なま）け心を見抜かれ、叱られたという事だろうか。

すると、その時何故だかどこかから、明るい笑い声が聞こえてきたのだ。やはりというか、他にも誰かがいたらしい。

そして遠慮もなく襖が開くと、隣の部屋で、まだ十五の若い殿が、それは楽しそうに笑っていた。七郎右衛門の頭の中が、雪景色のようになってしまった。

「なるほど、話を聞いた通り、七郎右衛門は面白いな。まだ子供ながら才気煥発な弟、隆佐に比べ、七郎右衛門は、生真面目な者かと思っていたが」

利忠公は七郎右衛門が自分を、信長公に似ていると言うとは、思わなかったらしい。

「他にも噂話の返答を聞いてきたが、そういう答えをした者は他におらぬ。勤めてひと月で、わが性分も、しっかり掴んでおるようだ」

殿がまた笑う。七郎右衛門は畳（たたみ）に頭を擦（す）りつけた。

「あの、その、申し訳ありませぬ」

　主君に対し、偉そうな事を言ってしまった。顔どころか、総身が赤くなってくるのを感じつつ、ひたすら平伏する。利忠公は更に笑った後、言葉を足した。

「信長公のように、戦国の世に生まれていれば、日々は命がけだ。生きるのは大変だが、やりがいはあったろう」

ただ。殿が、七郎右衛門を見つめてくるのが分かった。

「今が戦いの世ではないと、言い切ることは出来ぬ。七郎右衛門、これから大野藩に待っているのは、間違いなく合戦の日々だ」

「は？　合戦、でございますか」

　思わず顔を上げた時、殿は横手の廊下へ、笑いながら去って行くところであった。側に誰かおり、七郎右衛門はそれが、大野で内山家の数軒先に住んでいる、中村重助（じゅうすけ）だと分かった。

（おや重助殿が、江戸におられたのか）

　次の言葉が見つからずにいると、残っていた官左衛門にまで、低い声で笑われてしまう。最後に一言、付け足された。

「殿のお言葉の意味、よく考えなさい」

　七郎右衛門はまたもや頭を下げ、その日はもう、どうやって勤めを果たしたか覚えてはいない。

暮れた後、何とか上屋敷にある、暗い侍長屋へたどり着いたが、殿の笑い声が頭の中に繰り返し響いて、夜が明けるまで寝つくことも叶わず、恥ずかしさに転げ回った。

「合戦？　何がだ？　どこで起きるというんだ？　今合戦になったら、役立たずのこの身など、真っ先に殺されてしまうわ」

忘れられない、十九歳の一日だ。初めて殿と、話をした日でもあった。

なぜ合戦なのか。

殿は何を考えておられるのか。

己は、どこへ向かおうとしているのか。

このときのことを、七郎右衛門は、生涯にわたって思い起こすこととなった。

一章

殿二十七歳
七郎右衛門三十一歳

一

大野藩は、加賀や美濃、近江などに囲まれた越前の地にある。石高は表向き、四万石とされていた。だが本当の収入である実高は、二万八千石程しかなかった。

そういうことは、ままあるが、実高の方が低い藩は、やりくりがきびしくなる。せめて公(おおやけ)の石高になるまで新田を作りたくとも、大野は盆地ゆえ、田畑をろくに切り開けなかった。深い山が国の大半を占め、海も飛び地にしかない国であった。

そんな藩では、藩士達からの禄の借り上げが、ずっと続いていた。領民に、寄進であるお願い金を頼む事も多い。七郎右衛門の知る限り、藩はいつも金に困っていた。

藩主の居城大野城は、四方を山に囲まれた盆地の中程にある。小さな亀山の頂上からは、大野の盆地と城下が綺麗に見渡せ、緑濃い地の景色は美しかった。

そして殿が暮らすのは、東の裾にある平山城(ひらやまじろ)、二の丸三の丸だ。それは町の道よりも五、六間ほど高い石垣の上にあった。

城下町は城の東側に、南北に長い形で広がっている。町が綺麗な四角に区切られている様は、まるで京都のように見え、少し誇らしい。その中で藩士達の屋敷は、城を取り囲むように並んでいた。

山頂から城下を眺めると、城に近い屋敷など、窓辺に立つ人まで見えそうだと、勤めで山へ登った者達がよく口にしている。実際、ある屋敷の窓辺に綺麗な娘御がいて、誰ぞが城からそれを見初めたという噂が、まことしやかに流れていた。

城下に流れる水は、清く豊富だ。冬は寒く、何でこんなに降るのかと思うほどに、雪が積もった。なのに夏になると、見事に蒸し暑かった。

そして、天保八年。

「ああ、今年もたまらぬ暑さだ」

三十一歳となった七郎右衛門は、蒼天の下で立ち止まると、手ぬぐいを片手に、右手にある二の丸、三の丸へ目を向けた。

「だがこの季節は、殿が江戸から大野へお帰りになる時なのだ。文句を言ってはならぬな」

大野藩では例年、殿は五月頃に参勤交代のため、江戸へ出立し、翌年の七月頃に大野へ帰還する。何しろ雪深い地ゆえ、冬は身動きが取れなかった。よって他藩とは、参勤交代の時期が少し違っているのだ。

「それに、この暑さの中、良い事もあった。とにかく一つ、終わりが見えてきたからな。

ああ、ほっとしたわ」

七郎右衛門は、ここで深く息を吐いた。

「ようよう、今回の飢饉が収まってきた。助かった……とは言い切れぬが」

天保の飢饉は、四年頃から始まった。そして七郎右衛門には覚えがないほど、酷いものとなったのだ。藩主利忠公は、藩での全ての改革を後回しにし、厄災と向き合うことになった。

だが大野に限らず、日の本中で作物がとれないのだから、打つ手も限られる。飢饉は三年以上の長きにわたって続き、もともと余裕のない藩の力を、一層削いでいった。

この何年かは、飢えとの戦いの日々であった。人も国も生き残るため、必死だったのだ。

（わが大野の国でも、飢え死にした者は五百人を超したとか）

それでも北の方の国よりは、余程ましであったと聞いている。東北のある国では、十万人も亡くなったと、恐ろしい噂が伝わっていた。飢えに追われ、大坂など大きな町へ人がなだれ込んだあげく、一日、百も二百もの人が、食えずに死んだとも聞いた。しかもその弱った人々を、流行病が襲い、更に死者は数を増したのだ。

だが今年はやっと、やっと、少しはましに食べられる日が戻ってきていた。

「今年の大野は何とか、良き実りの時を迎えられそうだ。殿も喜んでおられよう」

七郎右衛門は歩きつつ、今度は山の上に見える天守へ目を向ける。馴染みの城が、今日は一段と美しく思えた。

「それにしても、初めて殿にお仕えしてから、大分経ったな」

七郎右衛門が大小姓となったのは、十九の歳だった。その四年後、利忠公は領主として国を治めるため、初めて大野へ入っている。

「殿が初めてお国入りをされた時は、近習として、江戸から大野へ付き従ってきたものだ。あの頃はまだ、若かったな」

藩主が初めて己の国に入る入部は、一生に一度きりだ。国中で祝ったときのことが、今も目に浮かぶ。七郎右衛門はその後も、参勤交代をする利忠公と共に江戸へ赴き、大坂城での勤めにもお供をしている。

江戸の上屋敷では、変わらずに文武両道を突き進む殿と共に、高名な学者の講義も受けた。外つ国の言葉も含め、置いていかれないよう頑張り続けた。

「あっという間に、十年以上が経ったのか」

七郎右衛門は、城下を歩みつつ頷く。その年月の間に、七郎右衛門の身内、内山家の者達も変わっていった。まず妹のはるが、あの頑固者、石川官左衛門の息子保に嫁いでいる。

（おかげで一層、官左衛門殿から呼び出されるようになったな。いや、色々教えを受けることが出来たのだ。ありがたいことだ）

そして弟の隆佐は、驚く立場になった。その才を買われ、次男であるにもかかわらず、大小姓に取り立てられたのだ。七郎右衛門の出仕から八年後のことで、自力で禄を得るようになり、一家の主となった。

（あれは本当に助かった。やはり隆佐は出来が良い）

よって七郎右衛門と父は、持参金として貯めていた金を使い、三男の鷹五郎を、百石取りの松浦家へ、養子にやることが出来た。

そして内山家では、来年父の良倫が隠居し、七郎右衛門が八十石の主となると決まった。

もっとも八十石の禄とはいえ、実際に頂いているのは、相変わらずその六、七割ほどだ。大野藩は金に困っているから、そういうことが常となっており、家の台所は苦しい。

（後は末っ子、介輔の先々を考えねば）

弟は元服前だが、しっかり者で武芸も達者、外つ国の語を学び、そして二十歳も歳が下だ。七郎右衛門と妻、みなの間にはまだ子がなかったから、周りの者達は、七郎右衛門がこの弟に、内山家を託すだろうと噂している。

（だがな。妻は……子が欲しいだろうし）

妻のみなは、七郎右衛門より十二も歳が若い。だから、きっとこれから子が出来る。そうに違いない。どうぞお授け下さい。みなはそう言って、日々神仏に祈っているのだ。

（いじらしい。あれは、かわいい妻だ。大事にしたい。うん、望みが叶えばよいのに）

よって七郎右衛門は、未だ介輔を、跡取りと定められずにいるわけだ。

「やれやれ、迷うことが多くて情けない」

夏の道でそうつぶやいたとき、七郎右衛門は不意に足を止めた。背後から誰ぞに、名を呼ばれたからだ。

ゆっくり振り返ると、通り過ぎてきた道の向こうに、中村重助の姿が見える。七郎右衛門は慌てて、重助へ手を振った。

「やってしまった。馬鹿をした」

物思いにふけっている間に、訪ねる先を通り越し、寺へ向かう道にまで足を進めていたらしい。慌てて引き返すと、門の前で、落ち着いた風貌の重助が苦笑を浮かべていた。

「七郎右衛門殿、江戸にいる時と同じように歩いていると、城下を出てしまうぞ」

「済みません」

中村家は内山家より遥かに家格が上で、十一も年上の重助は、既に大野藩の重役であった。利忠公が重助と、書物の話などを好んでされるので、殿の側近く仕えていた七郎右衛門とも縁が出来たのだ。

七郎右衛門は、時折中村家の屋敷へ呼ばれ、話をするようになっていた。いや、色々学ばせて頂いているといった方が当たっている。上に立つ者の心得は、やはり八十石の者とは違うように思えた。

重助が笑う。

「江戸では、大藩の大名屋敷が建ち並ぶ辺りだと、歩いても歩いても、ずっと同じ藩邸の塀が続いていたりするからな」

中村家の門をくぐる時、そう言われて、思わず頷く。それから近くの城へ目を向けると、七郎右衛門はふと主の事を口にした。

「中村殿、我らが殿は、江戸のお生まれです。領主になって、初めてこの国を目にされた時、狭さに驚かれたでしょうか」

大名家の正妻と跡取りは、幕府の命により、江戸で暮らさねばならない。大名家の藩主達は江戸生まれ、江戸育ちが多いのだ。

すると重助は片眉を引き上げ、まずは玄関に置いてあった風呂敷包みを手に取ると、七郎右衛門に持たせた。そして、明るく返答をしてくる。

「大野は、大きい国ではないな。だが殿は、湧き水も清いこの里を、美しいと言われていたよ。確かにこの耳で聞いた」

利忠公は大野を、一目で気に入って下さったのだ。重助は笑うと、七郎右衛門を屋敷へ呼んだというのに、表へ出てゆく。驚いて立ち尽くしていると、振り返って言った。

「城へ向かう。荷を持って付いてきてくれ」

(おや、荷物持ちの者ならば、屋敷にいるだろうに。何でわざわざ自分を呼んだのか)

八十石の内山家と、重役中村家の屋敷は六軒しか離れていないが、それでも不思議なことには違いない。七郎右衛門は大きな風呂敷包みを抱くと、後を追った。

(城への供を言いつけられるのは、初めてだ。はて、どういう事なのか興味が湧くぞ)

広くないゆえ、大野の城下では、普段と違うことをすると目立つ。例えば今日、七郎右衛門が重助の供をして城へ向かったことも、明日には多くの者が承知している筈だった。

(特に、弟の隆佐が出仕してからこっち、内山家は、噂になることが多いからな。また、嫌みを聞くことになるかな)

七郎右衛門が、利忠公の側近く仕えているのを利用し、弟を出仕させたと、やっかみ半分に噂されたのだ。故なき事だと己が一番分かっているが、噂に言い返すのは難しい。

(やれ、きっと隆佐の耳にも、噂は届いているだろう。気にしていなければいいが)

また物思いにふけっている間に、重助は会所前にある上大手門から、三の丸へと進んでゆく。七郎右衛門は急ぎ後を追い、城の内へと入った。

城主の住まいであるから、やはり一国の城は大きい。七郎右衛門達は鳩ノ御門から入り、石垣の塀沿いに北へ向かった後、階段を上がった。そして二の丸御殿の玄関から、屋敷内へと足を進める。

更に板敷きの廊下をゆくと、案の定、城中の者達の目が、七郎右衛門に集まってきた。その眼差(まなざ)しを躱(かわ)し、ただ連れに従って行くうち、重助は廊下の先、一坪ほどの小さな部屋を通り、広い御台所へと抜けた。

(おや、奥の方へ行くのか)

一瞬、顔が強ばった。するとやはり、役人部屋や、時斗之間(とけいのま)にいた者達が、七郎右衛門を見つめてくるのが分かる。しかし重助はそれには構わず、さっさと奥にある、利忠公の御居間へと向かった。

（奥は、殿が暮らしておいでの御殿だ。入る事が許される者は限られる。何故この身まで入ったのかと、噂が盛り上がるな）

そっとため息をついている間に、重助が御居間の襖を開けた。途端、七郎右衛門は膝をつき、深々と頭を下げた。利忠公が、部屋の内におられたのだ。

一方重助は躊躇わず、主の側へと寄ってゆく。そして七郎右衛門にも、早く傍らへ来るよう、促してきた。

「時が無駄だ。遠慮などしないように」

「い、いえ、その」

面を上げるように言われても、恐縮し、頭を下げ続けるのが、城での礼儀だと教わっていた。よって七郎右衛門はその通りにしたのだが……いきなり何かが頭に当たり、驚いて身を起こしてしまった。

見れば横に落ちたのは、若い頃、殿から食らったことのある、扇子であった。

「殿その、何故……」

七郎右衛門は思わず顔を上げた時、言葉を詰まらせた。利忠公を目にして、魂消たからだ。

（十畳間の、真ん中に座っておられる）

重助はいつにないほど、その側へと寄っていた。そして、七郎右衛門にも近くへ来るようにと、はっきり言って来たのだ。

(この様子を誰かに見られたら。まるで……密談でもするみたいに思われるだろうな)

いや利忠公は間違いなく、他に聞かれては拙(まず)い話を、今から始める気に違いない。

利忠公の少し後ろには、どこかで見た男が控えており、側に、茶の支度をした盆が置いてあった。

(はて、あの御仁は誰だったろうか)

何か張り詰めた様子のこの場と、男の落ち着いた様子が妙にそぐわない。七郎右衛門が呆然とし、端近くに留まっていると、早く扇子を持ってこいと、殿からお言葉があった。

身分の違う者達が、有り得ぬ程、顔を寄せることになった。扇子をお返しすると、細面(ほそおもて)の利忠公が、それをすっと、七郎右衛門の鼻先に突きつけてきた。

「七郎右衛門、この大野の国を、何とかせねばならぬ時が来た」

利忠公は小声で、そして驚くほど単刀直入に言った。言葉を惜しむ公ではないが、有職故実(ゆうそくこじつ)などを重んじる余り、物事にやたら時を掛けるようなこともしなかった。

(何しろ殿は、信長公に似ておいでだから)

七郎右衛門は頷き、また深く頭を下げた。

二

「藩政の改革を、断行する時が来た」

笑みを浮かべた公が、さらりと口にした。

細面で、いかにも名君にふさわしい見目をしているが、笑いを浮かべた利忠公は、何故だか時に、恐ろしく見える。思わず腰が引けたが、その物騒な笑みの方が近寄ってきた。

「何年にもわたる飢饉のため、取りかかるのが遅くなった。だが、もう余り待てぬのだ。今、何とかせねば、遠からぬうちに大野藩は立ちゆかなくなる」

小声だが、そうはっきり口にすると、公の目がちらりと横を見る。重助は頷くと、七郎右衛門に、今大野藩が抱えている借金の額を、承知してくれと言って語り出した。

(その額を、ここで言われるのか？　わしは、藩を担ってゆく重臣ではない。金に関わる勝手方ですらないのだが、聞いても良いのだろうか)

八十石の七郎右衛門の前で、それが語られるのだ。重助の声は、部屋の外に漏れぬよう低かった。

「当藩は、実質二万八千石。毎年藩に入る金は、一万二千両に満たない。その藩が今、借財を既に、十万両抱えておる」

「十万両！」

七郎右衛門は、思わず身を固くする。まさか実収三万石に満たない藩に、そこまでの借金があろうとは、考えていなかった。

（いや、考えたくなかったというか。我らが考える事ではないと、逃げていたのか）

重助の低い声が続く。

「七郎右衛門殿、その借金額に、払わねばならぬ一万両の利息が、毎年加わっていくのだ」

更に、藩は常に欠損を出し続けていると、重助は眉間に皺を刻む。つまりどの年も、収入よりも出る金の方が多いのだ。

「このままでは、借金が膨らんでいくばかり。最近勘定方は、参勤交代の費用を用意するのにも、苦労するようになっておる」

ああ、やはりと思い、思わず袴を握りしめる。ここで利忠公の眼が、七郎右衛門を見据えてきた。

「大野も含めて多くの国が、必要な金子の不足を、借金でまかなっておる。しかしな、ずっと借金を増やし続ける事は出来ぬ。七郎右衛門、借金を重ねていくと、国がいつ危うくなるか分かるか？」

この時七郎右衛門は、己がこういう話を、既に官左衛門と交わしていることに気づいた。公の目の前ではあったが、一瞬唇を噛む。

（驚いた。藩の収支について語る準備を、自分は済ませているようだ）

七郎右衛門は知らず知らず、今日のような日に備え、鍛えられていたのだ。そして公ならば、その事を承知している筈だと思った。

（この会合は、もうずっと前から準備されていたということか。殿はわしに、一体何をさせるおつもりなのだろうか）

藩主に、藩の借金について語るなど、七郎右衛門の立場で、して良い事とも思えない。この話が小声で、そして部屋の真ん中で交わされる意味が、身に染みてきた。とにかくここは、公の問いに、真面目に答えるしかなかった。

「借金の利息を払うため、借金をするようになりましたら、危ういかと存じます」

そういう借金は、いよいよ藩の金蔵から、金が尽きてきた証（あかし）なのだ。

万一、大野藩が本当に利息すら払えなくなり、金を貸してくれている大商人らにそれを知られたら、一気に逃げ出されて、借金が出来なくなる。商人達にとっても、大名貸というものは、時として大きな貸し倒れを引き起こす、危ういものなのだ。

利忠公が、静かに頷いた。

「そうなってしまったら、国を動かす金が尽きる。後は所領を幕府へ返上するしか、手立てがなくなるだろう」

「大野の国を……返上ですか」

思いも掛けない言葉を聞き、七郎右衛門は総身が震えてくるのを感じた。だが、公の声は止まらない。

「藩財政の運営に失敗し、一国を傾けたとなったら、この利忠は切腹となるだろう。良くて、どこぞの大名家へお預けだな」

藩主としての責を、問われる訳だ。生きながらえても、囚われの身のまま一生を終えることになると、声が続く。

「大野藩の民達にとっては、藩を預かる者が、替わるだけの話だが」

ただし、大野藩が民草（たみくさ）から集めていた年貢や冥加金（みょうがきん）などでは、この地を治めるには足らぬと知れる訳だ。次に誰が大野を継ぐにしろ、税が重くなることは間違いなかろう。

そして。

「国が消えたら、大野藩の藩士達はどうなると思うか？」

その問いを聞き、一寸、身の内に震えが走った。七郎右衛門は公へ、答えたくもない明日を告げることになった。

「藩士は主家を失い、禄もなくすことになります。そして浪々（ろうろう）の身となり、何より……故郷を失います」

「そこが見えるか。やはり七郎右衛門は、明日の先を、よく見てとれるようだ」

利忠公は褒めてくれたが、しかし七郎右衛門は、畳を見つめるばかりだ。

（藩が倒れたら……藩士らは失うものの大きさに、魂消るだろうな）

まず、毎年入ってきていた禄が消える。藩士達の屋敷は、藩から与えられたものだから、住む場所もなくす。大野には、土地を引き継ぐ新たな者達が入って来るから、早々に大野から、退去せねばならないのだ。

しかし国替えではないゆえ、ほとんどの者には行く先がない。頼れる親戚が他藩に居る者は幸運だが、大概(たいがい)は、参勤交代やお役目で行ったことのある、大坂か江戸へ向かうしかないだろう。

そこで何か仕事を探すのだ。墓すら移す余裕もなく、大野へ置いていくことになる。

「先々暮らす手立てが見つかれば、運が良い方です。多分、そうなりましょうな」

ちなみに七郎右衛門には、再仕官の当ても、やっていけるという確信もなかった。

利忠公が頷く。

「それでは、余りというものだ。ならば、この大野の国が倒れぬよう、強引にでも今、何とかしてみるしかあるまいよ」

ここで公が、居住まいを正した。そして、周りを囲む三人を見ると、小さいながらも凛(りん)とした声で、七郎右衛門ですら思ってもいなかった言葉を口にしたのだ。

「よって、この先、面扶持(めんぶち)を行う。藩の立て直しには、三年間ほど続ける必要があると考えている」

「め、面扶持でございますか」

七郎右衛門が、大きく目を見開いた。重助も、硬い顔つきになったように思えた。気が付くと公の考えに、言葉を返すという、とんでもないことをやらかしていた。

「それは……藩内の皆が、大きく狼狽えるやもしれませぬな」

己の声が、ざらついているのが分かった。

面扶持とは、俸禄の支給を止め、文字通り、一人につき毎日何合と、決まった量の米のみを支給するというものであった。

（禄を削るにしても、これ以上ないほど苛烈なやり方だ）

食う米だけはやるから、後は三年間、手持ちのものを使い、何とか暮らせということだ。庭で野菜を作り、足りねば家内の品を売り払って、凌ぐしかない。

「御家老様方は、何とお考えで」

禄が大きいほど、削られる分も大きい筈だった。

すると、驚いたことに利忠公は答えを告げず、代わりにこう返してきたのだ。

「この利忠も、同じように面扶持を行う」

「何と……」

藩主自ら面扶持にすると言った事で、藩内全ての者が、この話に加わるのだと知れた。

そして。七郎右衛門は、膝の上で握りしめた己の手が、白っぽくなっているのを見た。

（殿は今、御家老方が面扶持を承諾したとは、言われなかった）

つまり、多分。

（まだ、知らせてもいないのではないか）

大田村といわれ、藩でも屈指の名家田村家当主にて、年寄である田村左兵衛に、その了解を取っていないのだ。

（大田村家は、この大野の藩士の内で、一の権力者だ）

　そして今、家臣の中での最上位、筆頭家老であるのは、小田村といわれる田村家分家の当主、田村又左衛門であった。改革を行うなら、利忠公は両の田村と、よくよく話をせねばならない筈なのだ。

　なのに。

（黙ったまま、事を決めておいでだ）

　大田村と同じく、年寄である重助は、その大事を承知しているようであった。七郎右衛門は、不安に包まれてゆく。

（筆頭家老と殿の考えが違っては、大きな改革は成し辛かろうに。ましてや面扶持という大事を成そうというのだから）

　もし……もし、家臣と意見が合わなかった時、利忠公はなんとする気かと考え……七郎右衛門は一瞬、総身を震わせる。歌わぬホトトギスを、信長公であればどうするか。頭に浮かんできた答えに、七郎右衛門は顔色を変えてしまったのだ。

（わが殿はきっと、お引きにはならない）

　七郎右衛門は身を縮めてしまった。するとそれを目にした利忠公が、大層優しげに言って来る。

「七郎右衛門、面扶持の件については、この利忠が藩主として責めを負う。重助も重臣ゆえ、助けてくれよう。お主はただこの話を、外へは漏らさぬようにしてくれ」

うっかり力のある者に、対立する側にいると思われたら、藩内で目を付けられ、七郎右衛門は潰されかねなかった。

「重助にお主を助けに行かせるのも、大変だからな」

「は、はい」

そう答えた後で、七郎右衛門は寸の間、動けなくなった。

勿論、藩政に関わる大事であり、藩全体を巻き込むこの一件に、まだ当主にもなっていない七郎右衛門が、くちばしを突っ込む余地などなかろう。下手に動けば、己の身が危うくなりかねないというのも正しい。殿の言われる通りなのだ。

だが、ならば。

（ならばその、何故、何の為に今日、この身は城の奥へ、呼ばれたのだろうか）

次の言葉が浮かばず、そろそろと顔を向けると、何故だか重助が、さっと目を逸らした。他方、公の方は、大層機嫌良き笑みを七郎右衛門へ向けてくる。急に、畳が柔らかくなったような気がした。

（あ、何故だろう。ぞくりとしたぞ。臀が落ち着かぬぞ）

どうしてなのだろうか。勤勉で英明、大いに誇れる己が公が、七郎右衛門は時として怖いのだ。今日のように、機嫌良く笑われている時など、一層そう思うのだから、訳が分からない。

するとここで利忠公が、ぐっと身を寄せてきた。そして七郎右衛門に、短く、端的に、思う事を告げてくる。

「それで、だ。七郎右衛門、お主にも、やってもらいたいことがある。いや、何としても、成し遂げてもらわねばならないことが、あるのだ」

「……その、重き立場の者でもないこの身が、殿のお役に立てるのでございましょうか」

「わしも重助も官左衛門も、お主ならば成せるだろうと考えておる」

長きにわたって探したが、実は他に、役目を成せそうな者が見つからなかったのだと、公はあけすけに言ってきた。

「何しろ、金が絡むことゆえ。武士の身で、金に強い者は、本当に少ないのだ」

「か、金のことを、これから話すのでございますか？」

ここで重助が話を引き継ぎ、七郎右衛門は、己が奥へ呼ばれた事情を知った。

「何と……」

目を見張った。

狼狽えた。

冷や汗がにじみ出てきた。

己が命じられたことを成せるとは、全く思えなかった。

だが殿の御意向ゆえ、逃げる事も許されなかった。

七郎右衛門は、己の一生が、この時大きく動いたのを知った。

三

「今年も暑くなるかな。やれやれだ」

　大野城の奥で、利忠公と話してから、十ヶ月近くが過ぎたある日のこと。七郎右衛門は、城の南側にある新堀へ向かった。

　南北に流れる赤根川を背に、大野城の側面に当たる場所で、城の正面側にある内山家からも、さほど離れてはいない。新堀という名が示す通り、武家屋敷が建つ場所としては新しく、そこに弟、隆佐の屋敷があった。

「おや兄者、今日は何だ」

　おなごの足でも直ぐに行ける近さだから、七郎右衛門の妻みなと、隆佐の妻偉志子は、お菜などを持ってよく訪ね合っている。隆佐は顔が広く、屋敷にはよく友が来ていたが、今日はたまたま客の姿を見かけなかった。

「飲みたくてな。つきあえ」

　七郎右衛門が貧乏徳利の酒と、一夜干しの鯖を見せると、隆佐の片眉が引き上がる。内陸にある大野の地で、鯖は立派な酒の肴と言って良かった。

「これは美味そうだ。兄者、吐き出したい事でもあるのか。朝まででもつきあうぞ」

「はは、それには酒が足りんな」

隆佐は豪放磊落な気性で、以前は医者になると言っていたほど、頭も良かった。ついでに若い頃は無茶も山のように行い、親を困らせてきた。

だが。

（わしの方が弟だったら、隆佐のように、新たな一家を構えるのは無理だったろう）

若い頃、才があり友も多い弟を、羨んだこともあった。しかし三十路を越えた今、頼りになる兄弟がいるのは、本当にありがたいことだと身に染みている。

台所で偉志子が鯖を焼き、横の間で七郎右衛門達は、漬け物をつまみ、さっそく酒を酌み交わし始めた。新参者の屋敷ゆえ、名門田村家のような、千坪もあるという豪邸ではない。だが雪深い地だから、庭の端に、米や味噌を蓄えておく小さな蔵がちゃんとある。

七郎右衛門が蔵に目を向けつつ、さて、どう切り出そうかと迷っていると、隆佐が、台所との間の戸を立ててからしゃべり始めた。

「兄者、年寄の中村殿のところへ、まめに伺っていると聞いたぞ。何かあったのか」

行いに気をつけてはいたものの、やはりというか、噂は城下を巡っていたのだ。わざわざ弟の屋敷へ来たのに、黙っていても始まらない。七郎右衛門は、己が言いつけられた役目について、語り出した。

「実はな、藩の収支を改める為、動くよう、お言葉を頂いた」

つまり七郎右衛門は、積もり積もった借金を、何とかなくせと言われたわけだ。いやそれだけではない。昨年の七月に登城した日、毎年借金を重ね続ける今の国の有様を正せと、公から命じられていた。

「殿は、毎年借金が積み重なるのを、憂(うれ)えておいでだ」

要するに、借金を消せ、これ以上借金を増やすことも禁止と、言いつかったのだ。隆佐が目を見開き、沢庵(たくあん)片手に、大げさなほど首を傾げた。

「あの……何で兄者が、そんなお役を仰せつかるんだ？」

「確かに、誰もがそう思うよなぁ」

七郎右衛門は、大野では中程度の藩士なのだ。そして弟隆佐のように、早くからその才を噂された者でもない。今まで藩の金蔵に、貢献したこともない。この大事に名指しを受ける者だとは、己でも思えないと言い、七郎右衛門は苦笑を浮かべた。

「それでな、何故この身に、そのお役目を仰せつけられるのかと、殿へ伺った」

「は？　殿へ？　直(じか)にか？」

頷くと、隆佐が声を失っている。言う訳にはいかないが、城の奥にある十畳間で話をした日、利忠公は、手を伸ばせば触れられる程近くにいたのだ。だから、あの時はそれが無礼だとも考えずに口を開いた。いや、それだけ七郎右衛門は、慌てていたのだ。

「今までのやり方では、借金を消せない。殿が、そう思い至ったからだそうだ」

今、日の本中の藩が金に困っている。そしてほとんどの藩が、足りない分を商人など金主(きんしゅ)から借りていた。だが旧来のやり方では、もう先がないと殿は語ったのだ。

「それゆえ、新たな者を使うことを、決められたようだ」

侍であっても商人並に、金に強くなければならなかった。

今までのやり方では、借金が嵩むばかりだから、新しいやり方を成せる者が必要だった。

金主である町人相手に、頭を下げることも、できねばならない。

多分、飢饉で動きが取れない間、公や重助、そして官左衛門などが、借金を返せる者をずっと探してきたに違いない。

もちろん己以外にも、候補は多くいたはずだ。しかし、公が納得する者は、なかなか見つからなかったのだ。

「だが借金が嵩んだゆえ、もう待てないということらしい。それでだ。江戸にて、名を知られた朝川善庵から、財について学んでいるからと、官左衛門殿がわしを推挙したということだった」

七郎右衛門は、一応そう口にしたが、利忠公からは、もっと多くを聞かされていた。

(だが、さすがにここから先は、隆佐には言えぬ。面扶持が関わっているからな)

公と重助は、面扶持を行うと決めた。その話は漏れたら、藩内が大騒ぎになる大事であった。

しかし、これから藩の借金を返す役目の者には、金が関わる面扶持の件を、知らせねばならない。となると。

(金を返す役の者は、面扶持に反対しそうな御家老方と、繋がりがない方がいい。名門の身内だと、話が漏れてしまいそうだからな)

小さな藩内で、益々人材が限られる。よって半ば博打(ばくち)を打つような心持ちで、七郎右衛門で間に合わせたに違いなかった。

(本当に、とんでもないことになった)

七郎右衛門は、両の眉尻を下げつつ隆佐を見た。

「わしが、こんな大事を仰せつかったら、皆が驚くのは分かっている。だが、既に命を受けたのだ。勤めるのみだ」

すると弟から、思わぬ応えを聞き、七郎右衛門は驚いた。隆佐は、ぽりぽりと沢庵を齧(かじ)りつつ、あっさり言ってきたのだ。

「殿が新たなことを試したいのなら、兄者を選ばれたのは分かるぞ。兄者はいたって生真面目な顔をしておるが、割と……いや、大いに融通の利く人柄ゆえ」

物事を試みるのに、躊躇いがないという。

「おっ、わしがか？　初めて言われたな」

「おかげでわしが、江戸で馬鹿をしでかした時も、父上との間に入ってくれて助かった」

「ううむ、あの時は大変だった」

隆佐ときたら、江戸でおなご遊びを過ごした上、恐ろしく派手なものを着て、大野へ戻って来たのだ。

すると父親が、大馬鹿をした弟を、寺にでも入れてしまえと言い出したものだから、大事になった。七郎右衛門は親を必死になだめたのだが、弟ときたら、結構平気な顔をしていた。よって終いに七郎右衛門も怒り、弟を追いかけ、城下を走り回ったものだから、それに驚いた父親が折れてくれた。

「父上はなぁ、話が分かりそうな顔をされているのに、とんだ石頭ゆえ」

「隆佐、お主はとんでもなく破天荒な息子だったのだぞ。親の小言が多くなるのは、当たり前だ」

自分は親ではなく兄であったから、一つ余裕を持てただけだ。

「お主もそのうち、親になろう。いい加減、無茶はするなよ」

へらへらと笑うこの弟は、いつまで経っても、若者のように無謀をしかねないと、七郎右衛門に思わせる。しかしふと笑みを引っ込めると、隆佐は大真面目な顔で、驚くような事を問うてきた。

七郎右衛門は隆佐の言葉に、目を見張ることになった。

「しかし兄者、藩の借金は、そんなに積み重なっておるのか。仮にも四万石だ。金くらい、何とかなろうに」

「は……？」

隆佐は、外つ国の言葉も操る男であった。人心の掌握に優れ、それなりに腕も立つ。身内の贔屓ではなく、この大野で最も才に溢れた者の一人だと、七郎右衛門は思っていた。利忠公もその才を感じたからこそ、次男なのに取り立てて下さったのだ。

（そんな隆佐であっても、このような問いをするのか）

武家は、家を継げば、暮らせるだけの禄を得る。何代もそうやって暮らしを続けている故か、金に対する感覚が、商人と大いに違ってきていることを、七郎右衛門は感じていた。

（おまけに弟は、筋金の入った武士だからな）

七郎右衛門はため息を漏らした後、大野の金蔵が、もはや危ういことを弟に告げた。そして去年、重助が教えてくれた数字を話してみる。

「借金は今、藩が年貢米を売って得る金の、八倍ほど、十万両分ある」

大野藩の年貢収入は、年に一万二千両ほどだ。毎年利息が付くから、大野藩士全員が八年間一文も貰わず、入って来る全ての金を借金の返済に充てても、まだ藩には借金が残る。七郎右衛門がそう言うと、弟が目を丸くした。

「兄者、それは……とんでもない額だな」

「そして今のところ、藩には借金を減らす当てすらないのだ」

借財も利息も、ただ増え続けていた。

「隆佐、覚えておけよ。いつか、金をどこからも借りられなくなったら、大野の国は、幕府へ返上するしかなくなるそうだ」

「返上？　それは、余りにも……」

さすがに隆佐が、引きつった顔になる。杯を干してから、七郎右衛門を見つめた。

「その借財を減らす上手い手立てを、兄者は思いついたのか？　殿が直々に、借金を減らすよう言いつけられたくらいだから、きっと既に、良き策があるのだよな？　そして我らを、安心させる訳だ」

七郎右衛門は隆佐を見て、この一年、藩の借金がいかにして作られたか調べ直したと告げた。細かい出費まで、帳面に書き出し摑んだ。そして……答えを出した。

「必死に考えたが、藩の出費を大きく減らすことは、難しい。つまり、手妻のように借金を消す策など、ないということだ」

途端、弟が貧乏徳利をひっくり返しそうになったので、急ぎ摑んで守る。七郎右衛門は二人の杯にもう一杯ずつ注いでから、己がどう動いてきたか、弟へ語り始めた。

四

重助に伴われ城へ登った去年のあの日。七郎右衛門は、顔を強ばらせて城から退出することになった。

気がつけば己の肩に、朝方には考えもしなかった程の借金が載っていた。その借金が、減らせ、返せと、わめいているような心持ちになっていたのだ。

そして手には、茶饅頭があった。重助が、七郎右衛門に持たせていた荷で、奥向きへ献上したものであった。食べて気を奮い立たせよと、利忠公が分けて下さったのだ。

七郎右衛門は、一人、城から出たところで、その饅頭に目を落とした。

（みなは、こういう菓子が好きだったな）

家へ持ち帰れば妻が喜ぶし、弟も食べる事が出来る。しかし……七郎右衛門は饅頭を片手に、別の屋敷へと向かった。暑い中、突然顔を出しても、藩内で妙な噂が立たない先であった。

「義父上、お久しぶりです。今日は饅頭を頂いたので、お裾分けに参りました」

「おう、七郎右衛門殿、よく来られた」

妻みなの実家である岡嶋家は、大野でも良き家柄であった。舅の縫右衛門は出世を重ねており、最後には家老にもなろうといわれている。また、そういう立場をよく心得、学ぶことを怠らぬ人でもあった。

「茶饅頭か。美味そうだの」

縫右衛門は婿を客間へ招くと、茶と共に、饅頭を出してくれる。だが菓子に手を付ける前に、さて今日は、どんな大事な話があるのかと、問うてもきたのだ。

「あの、それがしの顔に、困っていると書いてありますでしょうか」

「そうだな。みなは甘いものが好きだ。何もなければお主は、妻へこれを持って帰っただろう。お主は饅頭ほどに、みなに甘いからな」

わははと舅に笑われて、七郎右衛門は顔が熱くなるのを感じた。しかし、何としても問わねばならぬことがあったから、恐縮して黙っている時ではない。思い切って、早々に問うた。

「あの、義父上。いきなりで申し訳ありませぬが、教えて頂けないでしょうか。藩の借金を減らすため、大野藩に入る金を増やしたいのです。どんな手立てがありましょうや」

本日内々に、殿から御下問があったのだと正直に言うと、義父が頷いた。口止めをせずとも、この義父であれば、他言しないと分かるのがありがたい。

「そういえば本日、七郎右衛門殿は重助殿に付いて、城へ行ったのだったな。何と殿と、そういう話をされていたのか」

噂が広まるとは思っていたが、義父が余りに早く承知していたので、七郎右衛門は目(め)眩(まい)がする思いであった。

(本当に早い)

縫右衛門はここで、己の思いつきを語るより先に、七郎右衛門の考えを問うてくる。

「利忠公より事を託されたのは、お主だからな」

ということは、その考えの何かを、公は評価したに違いない。縫右衛門はそう言ってきたのだ。七郎右衛門は姿勢を正すと、藩へ入って来る金を増やすため、以前より考えていた事を、口にしてみた。

大野は良き水が湧く地だから、酒を新しき名物にできないか、考えもした。しかし盆地ゆえ、新田が作れず、酒米の作付けを増やせない。

他藩で成功しているという、塩田を羨ましく思った。だが、飛び地にしか海のない大野は、余所から塩を買っている始末で、これも無理であった。そして。

「藩内で特産の品を増やし、売ることは、有望だと思いました。多くの藩が取り組んできたことであり、良き選択です。ただ」

煙草でも漆でも、特産といえるほどに産物を育てるには、かなりの時がかかるのだ。そしてものを作るだけでなく、売り方も新たに考えねば、商人達を喜ばせるだけになってしまう。

更に、そういう話には、百姓、町人達の協力も必須であった。とにかく時間がかかる。何年かではことを成せそうもない。下手をすれば、何十年もかかることであった。

（殿が、面扶持を行うと口にされる前に、借金返済の目処をつけねばならん。つまりこの手は、今行うには不向きだ）

そう長くは待てないのだ。言えない言葉を飲み込み、七郎右衛門は残りの案を口にした。

「もう一つの希望は、面谷銅山です。あそこからの収益を、もっと増やせないかと」

面谷は他国にまで名を知られた銅山で、銅の他、銀も出た。面谷銅山は、藩の台所を長く支えてきた、ありがたい山なのだ。

農地を増やせず、飛び地にしか海がない内陸の藩にとって、唯一の虎の子であった。千両箱が動く場所といったら、大野ではあの銅山以外、思い浮かばない。

しかし縫右衛門は銅山と聞くと、眉尻を下げ、饅頭を手に取った。

「面谷銅山は、確かに藩の宝だ。あそこがなかったなら、藩の台所は今よりもぐっと、苦しくなっておっただろう」

ただ。

「既にあの御山は、長く藩の台所を支えておる。これ以上急に出銅が増えるかの。そう都合良く、いくとも思えぬが」

「それは確かに。その上、です」

七郎右衛門が畳へ目を落とす。

「飢饉が始まる前年、天保三年の頃です。それがしは一時、面谷銅山を受け持つ役人、頭取役となり、銅山のある山へ行っておりました。あの山で働く山師達は……そう、手強かったと思います」

「わしも、彼らは、役人の言うままに働く者達ではないと、聞いたことがあるな」

山師、つまり金子(かなこ)と呼ばれる鉱山の掘手、大工や手子達は、暗く細い坑道の中で働くのだ。落盤も火事も起きる場所だ。日々命がけゆえ、その気が強いこと、なまなかではないという。彼らにしてみれば、役人だろうと、事情に疎(うと)い余所者は、要らぬ者なのだ。

七郎右衛門は頷いたが、他の思いも湧いてくる。

「義父上、山師達は、ただ気が強いだけの者ではありませなんだ。多くの山師が、山深い銅山で勝手に決まりを作り、役人と一緒になって、好き勝手をやっていたのです」

彼らに対するには、初めて銅山を受け持った役人、七郎右衛門は若すぎた。他の役人達と山師達は、役立たずの邪魔者、七郎右衛門を外して上手くやっていたのだ。

「また山へ行ったとして、あの山師達を動かせるか、心許(こころもと)ないのです」

七郎右衛門は、銅山に、大きな不安を抱いていた。正直に言うと腰が引けていた。もう関わりたくない場所だった。しかし――。

「藩の借金を返せるほど、金を生む場となると、情けなくも、あの銅山しか思いつきませぬ」

七郎右衛門はここで、縫右衛門へ期待の目を向けた。舅に、何でもいい、他の案を教えて欲しかったのだ。

すると。

縫右衛門は饅頭を幾つも紙に包み、美味かったゆえ、みなにも食べさせてやってくれと寄こしてきた。それからさりげなく、昔の役人仲間を訪ねるよう、七郎右衛門に言ってきたのだ。

「今も、銅山の役人を続けている者はいるか？　その御仁から、山の様子を聞いてみることだ」

出銅を増やし、藩を潤す余地があるのかどうか。一番分かるのは、実際、山にいる役人達だろうという。七郎右衛門は一瞬目を瞑(つむ)った後、縫右衛門にゆっくりと頭を下げた。

多分義父も、大金を生む場を、他に思いつかなかったのだと分かった。

「そういたします。義父上、今日は話を聞いて下さって、ありがとうございました」

七郎右衛門は、銅山から逃げることが叶わなくなった。だがこれで、一つ事が決まり、進んだとも言えた。

疲れで体が重くなったようにも感じた。


手土産が饅頭から、家で漬けた野菜の漬け物に変わった。

面谷銅山の元役人仲間には、弟鷹五郎が養子に行った松浦家の主、左次馬もいる。だが、折悪しく、今は勤めで銅山の方に行っていた。よって七郎右衛門は仕方なく、翌日、伊藤万右エ門の屋敷を訪ねた。

(万右エ門殿なら、事情はしっかり分かっておろう。何しろ人一倍、山師達と上手くやっていたお人だからな)

伊藤家の門を見ると、山の役人であった当時のことが思い浮かんだ。七郎右衛門は山で勤められず、役目を替わった。正直に言えば、手を組んだ役人達と山師達に、面谷から追い出されたのだ。

だが玄関で家人に声を掛けた後、七郎右衛門は急ぎ首を横に振った。

(これから、銅山について教えを請いに行くのではないか。昔の不満を思い出して、どうするのだ)

情けないと思っている間に、当の万右エ門が部屋へ現れる。訪れたのが七郎右衛門だと知ると、目を見開いた。

とにかく客間で、漬け物を受け取ってくれたが、年上の男は遠慮がなかった。

「こいつは驚いたのう。七郎右衛門殿、何か余程の用件が出来たのか」

そうでなければ、ここへ来るまいと言われた訳で、顔が赤くなるのを感じる。

(銅山の役人同士であったのに、今まで、さっぱり付き合いがなかったのだ。こう問われるのは、仕方のないことだな)

七郎右衛門は、まず疎遠を詫び、次に正面から問いを向けてみた。

「急に押しかけてきて、申し訳ない。実はその……面谷銅山の今について、内実を聞きたくて来たのだ」

万右エ門の首が傾く。

「面谷銅山？　お主、また山の役人に戻るのか？」

「いや、そういう話は、まだ頂いていない」

ただ。ひょっとしたら、藩の金勘定をする役目の方へ行くかもしれないと、七郎右衛門は言ってみた。となれば面谷銅山の事は、前にも増して気になると、何とか話を続ける。

「それで、教えて頂けないだろうか。銅山の出銅だが、今後、増える余地があろうか」

腕を組みつつ、黙って話を聞いていた万右エ門だが、ここで思いきり口を歪める。

「七郎右衛門殿。お主はちっとも山に馴染まなかったが、一応銅山の役人であっただろうが。何を寝ぼけておる」

「それがしは……よく寝てきたが」

「ならば、間抜けを言うな」

口調はきつくないが、万右エ門の言葉は、容赦がない。暑い客間の中が、余計蒸し暑くなったように思えた。

「覚えておるか？　銅山で出銅が減る訳は、山とある。鉱脈が枯れる。坑道が火事になる。山師達が仕事を怠る。他国で大きな銅山が見つかり、銅の値が下がりすぎて、掘っても仕方がなくなる。色々だ」

しかしと、万右エ門は続ける。

「放っておいたら、掘り出される銅がどんどん増えていく、などという夢物語には、それがし、まだ出会ったことがないぞ」

万右エ門の言葉に、笑いが含まれているのは、呆れているからかもしれなかった。

「そういえば、お主が役人として山へ来る前、一度、ぐっと出銅が増えたことはあったな」

「おおっ、そんなことがありましたかっ」

「喜ぶな。あれには、真っ当な訳があった」

大野藩はあの時、坑道から銅を掘り出す妨げになっている水を、抜いたのだ。その作業のため、確か中村重助が決めて、大枚五千両もの金を借りた。

「何と、中村殿が、そんなことをされていたのか」

「面谷銅山では、何十年も前に一度、やはり五千両を借り、水抜き工事をやった。だがその時は、失敗したと聞いていた。なのにまた試みるなど、度胸が良いと思ったものだ」

ただ、あの勝負は上手くいって、出銅は増え、借りた金も返せたという。

「中村殿は、肝の据わった実力者だな。ただ、五千両の勝負に失敗していれば、とうに隠居されていたかもしれん」

悪くすれば切腹ものであったと言い、万右エ門は客間で大きく頷いた。

「そして、だ。面谷には今、水に沈んだ坑道はござらん。これ以上出銅を増やしたければ、新しい鉱脈でも、見つけるしかなかろうな」

「新しい鉱脈……」

「おいおい、真面目に考えたりするなよ。新たな鉱脈を探すというのは、既にある坑道から水を抜くのとは、訳が違うぞ」

遥かに金の掛かる土木作業だと、万右エ門は言い切る。

「五千両どころではない。何倍もの金が掛かる！　おまけに水抜きと同じで、失敗が待っているかもしれん」

いや鉱脈を見つけるというのは、水抜きよりも遥かに成しがたいことだと、万右エ門は言葉を繋いだ。

「伸るか反るか、博打のようなものだな」

失敗し、一文も金を生まなくとも、借りた大金は返さねばならない。しかも大野藩は最近、常に金に困っているという噂だと、万右エ門は口にした。

「今の藩に、何万両もの金を、あっさり貸してくれる金主がいるのか?」

「いや……いませんな」

七郎右衛門は、首を横に振った。金主達は面谷銅山に、今、何万両も注ぎ込んではくれないと思う。七郎右衛門がいかに頑張っても、そんな大金を借りることは、無理だと分かっている。

「要するに、新たな鉱脈は掘れず、出銅は増やせないということですかな。万右エ門殿、山師達に報賞を出し、励ましても、やはり駄目だろうか」

「おお、分かったようだな。寝ぼけていなくて、結構なことだ」

きっぱり断言され、七郎右衛門は次の問いを口にすることが出来ず、黙り込んでしまった。それで早々に伊藤家を辞すことにし、手間を取らせて申し訳なかったと頭を下げる。

するとと万右エ門は、七郎右衛門も歳を重ねて、大分人柄が柔らかくなったようだと笑う。水一杯出さず、申し訳なかったとも付け加えた。

「わざわざ漬け物を持って来てくれたのに、楽しい話にならず、悪かった。七郎右衛門殿、お主は面谷銅山と相性が悪いようだな」

金の算段をしたければ、他に道を見つけろと、万右エ門は言う。七郎右衛門は苦笑するしかなかった。

「こちらも是非そうしたいが……叶わないでいるのだ」

もう一度主に頭を下げ、通りに出れば、夏の昼下がりが一層暑く思える。己の屋敷へと歩み出しつつ、七郎右衛門は万右エ門の言葉を、一言一言、かみしめることになった。

五

七郎右衛門が話を終えると、隆佐は呆然と兄を見つめてきた。

「兄者は殿から、借金の返済という大事を、仰せつけられていたのだな。そして、早々に失敗していた訳だ」

しかし事が事だ。仕方がないと隆佐は言ってくる。近年、数多の藩が金で苦しんでいた。ゆえに他国にまで名が知れる切れ者の藩士が、改革を任されたとの噂を、時々耳にすることがあった。

ただ、それで藩が立ち直ったという話は、まず伝わって来ない。それどころか、改革を言いつけられた者が、失敗の責めを負わされ、立場を失う例も多いという。支えてくれる筈の藩主から、借金が減らぬことを責められ、禄を失う者までいるらしい。

「兄者も、辛いことになったのだな」

己にも難儀が及ぶかもしれぬのに、隆佐はちゃんと、七郎右衛門のことを心配してくれる。ありがたくて、涙がこぼれそうであった。

「兄者、それで今の小納戸役を外されることに、なったりするのか？」

更に問いを向けてきた、その時。台所から鯖が焼ける良き匂いが漂ってきて、一瞬言葉が切れ、隆佐は偉志子のいる方へ目を向けた。

だが、隆佐はここで、くいと首を傾げ、何やら不思議そうに七郎右衛門を見てきた。

「兄者、殿から借金返済をせよとの話を承り、縫右衛門殿などの屋敷へ行ったのは、去年のことだよな？」

今年の話ではない。

「去年の七月、殿が江戸から帰ってきて、程なくの頃だ。兄者の登城が、噂になっていた時だから間違いはない」

隆佐はつぶやき、七郎右衛門を見つめた。

「そんな前の事を、何故今日、話しに来たんだ。今でなくては話せぬ事でもあったのか」

弟が大きく首を傾げたので、七郎右衛門は笑みを浮かべる。

「隆佐は本当に頭が良いな。わしはな、先年の夏からずっと、待っておったのだ」

「何をだ？」

「金が借りられるかどうかを、だ。それだけでなく、事を成すのに幾ら必要なのかを見定めるにも、時がかかった。それで、実際金を得るまでに十ヶ月近くも経ってしまったわけだ」

　正直に弟へ告げた。

「金、とな。兄者は借金をしたのか？」

　まさか兄はいよいよ困って、夜逃げでもする算段なのか。その為の金を、誰かに借りたのかと、弟が顔を顰める。

「だがそういうことは、真っ先に、わしに言うべきだぞ。いや、だからこそ、こうして話しに来ているのかな。でも、遅いではないか」

　隆佐が、勝手にどんどん話を進めていってしまうので、そのうち七郎右衛門は笑い出した。それから、夜逃げはしないと弟に約束をする。七郎右衛門が借りたのは、路銀のような端金（はしたがね）ではなかった。

「はて？」

　隆佐が黙る。七郎右衛門は落ち着いた声で、借りた額を告げた。

「三万両、借りた。十年ほどで返済するという約束だ」

「さ、三万両？　兄者がか？」

　隆佐の身が、向かいで一瞬跳ね上がったように見えた。無理もない話で、それは大野藩が得る年貢の、二年分以上にもなる額なのだ。

「ど、どうやって……誰から、そんな大金を」

「知れたこと。ここまで額が大きいと、商人から借りるのは難しい。三万両、幕府から借りた」

「……」

久々に魂消た隆佐が、言葉をなくしているのを見た。七郎右衛門は淡々と、事情を告げていく。

「勿論、わしが借りられる訳もない。借りて下さったのは、我らが殿だ」

驚いたことに、七郎右衛門が三万両、幕府より拝借したいと申し上げたところ、公はあっさり承知して下さった。

藩の借金を何とかしろと命じた者の務めだと、七郎右衛門は公に言われた。

「三万両借りられぬのなら、借金の返済、この七郎右衛門には無理だ。駄目だと言われた時、役目を辞められると思ったのだ。だが、金を用立てて頂き、逃げる機会を失った」

実は、公が実際、金を借りることが出来たのにも驚いた。三万両もの大金だ。幕府が簡単に貸したとも思えなかったが、公は引かずにやり遂げたと、事を伝えてきた彦助（ひこすけ）が教えてくれた。

「彦助殿とは？」

「隆佐も、直ぐには思い出せんか。何と言うか、少し影の薄いお人だな。利忠公の近習、久保彦助殿だ」

去年登城した日、殿と共に奥にいた、名を思い出せなかった武士だ。

「殿が、非常に信頼を置く者とのことだ」

利忠公とのやりとりは、この彦助が仲立ちになっていると、隆佐には話しておく。もし、己に何か起きた時には、弟と彦助を介し、殿へ話を伝えることがあるかもしれないからだ。

「勿論、金を借りるのには、引き替えにするものが必要だ。よって今回殿は、面谷銅山の権利を、借金の裏付けとした」

もし先々、今回の借金を返せなかった場合、面谷銅山の権利は、幕府に取られてしまう訳だ。隆佐の顔色が、白っぽくなった。

「そ、そんなことを勝手に決めて、大丈夫なのか？　大体、なんでそんな大金を……」

言いかけて、弟の言葉が止まる。勿論、七郎右衛門は銅山へ注ぎ込むため、金を借りたのだ。

「その金を使い、新しい鉱脈を探す。出来たら二本は見つけたいものだ」

積もり積もった大野藩の借金と、新たな幕府からの借金、両方を返すため、唯一考えられる方法であった。何度考えても、今、大金を生んでくれる元は、あの銅山しかないのだ。

たとえ素晴らしい鉱脈でなくとも、もう一本、出銅が見込めるものが見つかれば、この先に希望が生まれる。大野の国に、明日が見えてくるのだ。

「ただ、な」

七郎右衛門は、ゆっくりと隆佐を見た。

「分かっておると思うが、もし鉱脈が見つからなかったら、わしは腹を切る」

どう考えてもこれは、避けられない事であった。三万両を返せず、銅山を失うと分かったら、金を借りた殿へ、責を問う声が向かわぬうちに、七郎右衛門が全ての責めを被らねばならない。領民や藩士達の恨み言を全部背負って、切腹するのだ。

「そこまでは、否応なく腹をくくったがな。しかし、後に残される者もおるから」

七郎右衛門は今日、酒と鯖を手に、後のことを隆佐へ託しに来たのだ。

「まず、わしが死んだらみなを、縫右衛門殿へ預けて欲しい。あの舅殿がいれば、みなは安心だ」

ただ、親と弟は気がかりであった。

「もし新たな借金のせいで、面谷銅山を失う事になれば、八十石の内山家は残るまい。隆佐、次男なのに悪いが、家の者を頼む」

「今から、止めることは出来んのか？」

「もう三万両、借りてしまった」

大きく息を吐いてから、分かったと隆佐が頷く。しかしその後、いきなり七郎右衛門の胸ぐらを掴むと、怖い顔を近づけてきた。

「兄者はわしのことを、破天荒だと言ったがな。兄者の方が、余程とんでもない男だ」

少なくとも己は、一国を揺るがす賭けなどしたことはないと言う。隆佐は顔を歪めると、広い額を七郎右衛門の着物へ押しつけ、ぼそりと言った。

「兄者、ちゃんと生き抜いてくれ。わしは次男ゆえに、楽に動いておったのだ」

次男は次男で、今更長男にはなれぬ。よって七郎右衛門は鉱脈を見つけ、元の暮らしへ戻らねばならぬのだという。

「頼む。いきなりわしらの前から消えるなどと、二度と言わないでくれ」

「そうだな。大野の城下で、生きていきたいものだ」

明るく話し続けようとして、しかし一言「済まぬ」と言ったら、目に涙が滲んできてしまった。唇を噛み、ぐっと堪えて、無理にでも笑う。

泣いている時ではなかった。何の問題がない時でもぶつかり、上手くやれなかった山師達の元へ、この後早々に向かわねばならない。そして己の命と家の者達の明日、利忠公の改革、藩の命運全てを賭け、鉱脈を探すことになるのだ。

なぜこんな今日に至ってしまったのか、もはや分からない。だが両の足は、踏ん張っていなくてはならない。

「伸るか、反るかだ」

どの道へ足を踏み出せば、先々大野の地で暮らしていけるのか。いや、そんな道が残っているのか、七郎右衛門は知らなかった。

二章

殿二十八歳
七郎右衛門三十二歳

一

面谷(おもだに)銅山へ向かうことを、大野では〝登山〟と言う。

緑が辺りを深く覆う道の先、幾重にも重なった山の間に、銅山があるからだ。

銅山で働く、山師達が住む集落は、大体箱ヶ瀬と呼ばれており、そこへ大野城下から向かうには、三つの道がある。山役人達はそのうち、九頭竜川(くずりゅうがわ)本流沿いの川通(かわどおり)を歩むことが多かった。

そして。弟隆佐へ、後のことを託した後、七郎右衛門(しちろうえもん)は久方ぶりに、その道を銅山へ向け歩いていた。連れは銅山奉行で、実の弟鷹五郎(たかごろう)を養子にしてくれた、松浦左次馬(さじま)だ。

（殿、いよいよ銅山へ出立いたします。何としても三万両が無駄にならぬよう、死力を尽くして新鉱脈を見つけてきます）

七郎右衛門は、利忠(としただ)公の近習久保彦助へ、そういう短い文(ふみ)を託し、大野を出た。利忠公は今、藩改革をいかに成すか、重助(じゅうすけ)と話を重ねているはずで、己も気を引き締める。

（わしだけ、事をしくじるわけにはいかない）

面谷銅山は、大野城下の北東より出て、十八里の所にあった。川沿いの道は、草鞋で上れぬほど険しくはない。

だが、ただひたすら山中を進んでゆくと、山の木々へ飲み込まれてゆくような気がしてくる。七郎右衛門はかつてこの道で、目眩を覚えたことがあった。

（この山道は雪が積もると、美しいが、難儀な場所と化すな。ことが早く成せたらいいが）

長き道のりゆえ、今日は野袴に背割りの羽織を着て、弁当を背負うという旅姿だ。山道では足下を気にしつつ、それでも七郎右衛門は連れへ、精一杯愛想良く声を掛けた。

「左次馬殿、銅山へ向かうのが雪の時期ではなくて、良うございましたな」

「ああ、まことに」

「今日は、縁の深い左次馬殿と同道で助かりました。鷹五郎は元気にしておりますか」

「……うん」

「左次馬殿。もしや具合でも悪くされたのでは？　それとも足に肉刺でも出来たのですか」

「いや、べつに」

「あの、ならばその……」

七郎右衛門は大きく眉尻を下げ、戸惑いの言葉を濁した。先程から左次馬の返事は、こちらが戸惑うほど、短いものばかりなのだ。

(何故だ？　今日の左次馬殿は、何とも機嫌が悪いようだぞ)

弟の義父で、身内同然の左次馬は、この先、是非頼りたい相手であった。しかし先ほどから渋い顔を向けられ、七郎右衛門は焦っているのだ。

(左次馬殿に会うのは久方ぶりだ。諍いをした覚えはないのだが)

なのに、この不機嫌さは何なのだろうか。とにかく、このままでは拙い。

(わし一人で、新鉱脈を見つけることなど出来ないぞ。何としても面谷銅山にいる皆に、力を貸してもらう必要がある)

だが早々に、躓いているわけだ。

身内や近しい者達とは、日々、それなりにつきあっていると思う。七郎右衛門は、面倒見が良いと、言われたことすらあるのだ。

ただ、合わない相手だと、どうも話が弾まぬことが、ままあった。七年前、初めて山役人になった時も、七郎右衛門は上手く立ち回れず、お役目に差し障りが出てしまった。

(その場所が、これから向かう面谷銅山なのだ。しかし……あの時は参った)

銅山は今、大野藩の直営だ。採掘される銅の売り上げが藩を支えているから、山にいる山役人は、結構数が多かった。

一番下の格に、山方、床屋方、本番方、炭方など、二十人ほどの役人がいる。その上役の頭取役、調役頭取は、合わせて九人だ。

更に上に、支配人が一人と、山詰めの内では一番上の立場である、銅山奉行が四人いた。だが銅山奉行は交代で勤めており、全員が山にいる訳ではなかった。

（つまり山には、三十何人かの山役人が、いるわけだ）

なのに七郎右衛門は七年前、その面々と、見事に親しくなれなかったのだ。

（今思えば、あの時のわしは堅すぎた。おまけに馬鹿正直だった）

そもそも鉱山から銅を掘り出す勤めは、お世辞にも楽とは言えない。そして山役人達は、共に長く山に詰めているゆえ、山師達の苦労をよく承知していた。だからこそ山での決まりから、いささか外れる山師がいても、目こぼしすることが多かった。

だが、若かった七郎右衛門の目には、面谷で見たことが、真っ当ではない馴(な)れ合いのように映った。新参者には、驚くようなことばかりだったからだ。

それでつい、要らぬことを、山役人仲間へ言ってしまった。

「山師達が、幾らかの楽しみを欲しがるのは分かります。しかし博打(ばくち)は、藩から厳禁されています。かくも大っぴらに行うのは、拙かろうと思いますが」

その上、その言葉だけで止められなかった。

「掘り出された鉱石の、量の記載が、少々おかしいかと。銅山で一に大切な銅鉱、つまり鉑石(はくせき)の管理が緩くては、横流しを疑われてしまいますぞ」

あの一言は、更に拙い言葉だったと思う。山役人の誰からも、返事がなかったからだ。

新入りは、あっという間に山で立場を失い、話を聞いてくれる相手をなくした。

（この身は役立たずだと、面谷から城下のどなたかに、ご注進があったのだろう。早々に、役から降ろされたわ）

正直に言えば、面谷銅山へ戻りたい気持ちなど、さっぱりなかった。なのに七郎右衛門は、相性の悪かった銅山に、己の生死を託すことになってしまったのだ。

（とにかく今回は、逃げ帰ることは出来ぬ）

新鉱脈を切り当て、銅山を今以上の宝の山に出来ねば、待っているのは切腹だった。七郎右衛門はもう一度、連れの左次馬を見ると、なぜ怒っているのかと首を傾げる。

（正面から訳を問うたら、左次馬殿は答えてくれるだろうか。ええい、早くも困っていることを知られたら、弟達に笑われそうだ）

腰から提げている水筒が足を打ち、隆佐(りゅうすけ)と介輔(かいすけ)、二人の弟を思い出す。もし面谷でしくじっても、一旦は大野へ戻ると言っているのに、二人は余程心配したのか、今回の旅立ちを見送ってくれたのだ。

介輔など出立の時に、銅山では何が起きるか分からないと言い出し、干し芋や飴(あめ)の入った袋と竹の水筒を、根付(ねつけ)で七郎右衛門の帯に引っかけた。何事かと問うたら、坑道に閉じ込められた時、凌(しの)ぐためのものだという。

「事故の心配か？　介輔、わしは銅山に、鉱石を掘りにゆくのではないぞ」

さすがに呆れたが、提げて行けと隆佐も口を出し、そのまま持ってきた。その重みは、己の命と藩の明日を賭けた、伸るか反るかの日々が始まることを告げていた。

（ああ、胃の腑が痛いわ）

思わずため息が漏れたその時、今まで黙っていた左次馬が、傍らで急に話を始めた。

しかし、機嫌は悪いままであった。

「これは七郎右衛門殿、ため息などつかれて、どうされましたかな。このたびは出世をされ、めでたい登山ではありませんか」

「えっ……出世、ですか」

七郎右衛門は思わず左次馬へ目を向け、そういえば己の役職が変わったことを思い出した。七郎右衛門は今回、銅山御用掛頭取という立場で、銅山へ戻るのだ。

左次馬も七年前に比べ出世し、銅山奉行の一人になっている。だが七郎右衛門が就いた銅山御用掛頭取は、何と、銅山奉行よりも上の立場なのだ。

「いや、これはその……」

利忠公が関わることゆえ、口にするのは憚られるが、七郎右衛門が今のお役に就いたわけは、余りにもはっきりしていた。

（七年前、わしが銅山から早々に弾き出されたことを、殿は摑んでおいでだった）

しかし、三万両を銅山に注ぎ込もうとしている今、同じことが起きては困る。よって殿は今回、七郎右衛門が少々間抜けをしても困らぬよう、手を打ってきた。

要するに、七郎右衛門が山から出されないよう、山役人の一番頂上に据えたのだ。出世をしたのは間違いない。

（だが目前にちらつくのは、切腹という言葉だ。ちっとも、めでたくないが）

今回の仕事は役目というより、博打に近い気もするから、利忠公との関わりは言わぬことに決めている。どうしても口が重くなり、七郎右衛門がまたため息を漏らすと、左次馬は険のある目でこちらを見てきた。

「内山家の者は殿より高く買われ、羨ましきことだ。藩内で、そう言われておることを、七郎右衛門殿は、ご存じだろうか」

「いやその、弟の隆佐が出仕出来たことは、ありがたいと思っております」

急ぎ無難な答えを返したが、左次馬の不満は続いた。

「七郎右衛門殿は先日、我ら配下の山役人へ文を送られましたな」

頷いた。今の役目である銅山御用掛頭取に就いた後、面谷銅山にて、新鉱脈を探すつもりだと伝えた。それで最初の登山のおり、今後の銅山運営について、話し合いたいと書き送ったのだ。

ここで七郎右衛門は、一寸不安に包まれた。もしや左次馬は、三万両を銅山に注ぎ込む件を、既に知っているのだろうか。しかし七郎右衛門は、すぐに首を横に振った。

（まさか。わしはあの金のことを、誰にも伝えていない。山役人達への文にも書かなんだ）

何しろ、余りにも額が大きかったゆえ、関わる銅山の山役人達には、直に伝えたかったのだ。

（だが、あの話が漏れていたとしたら、左次馬が怒るのは分かる）

七郎右衛門に隠し事をされたと、思うに違いないからだ。すると左次馬はここで、小泉の名を出してきた。小泉佐左衛門は、左次馬と同じ銅山奉行だ。

「おや、小泉殿が、どうかされたので？」

「あの文を見て、眉間に皺を寄せていたぞ。山には山のやり方がある。それを、山から離れて久しい者が、無視するのかと」

左次馬は、思い切りしかめ面となり、銅山に波風を立てるなと言ってきた。

「それでなくとも銅山では、出火があったり怪我人が出たりと、心配事が多いのに」

七郎右衛門は、少し安堵して頷いた。

（おお、小泉殿のことで悩まれていたのか）

七年前、七郎右衛門と同じ頭取役であった小泉は、随分癇症な人柄なのだ。不機嫌の元は、いつもの御仁かと思うと、七郎右衛門は間抜けにも、思わずほっと息をついてしまった。

途端、左次馬が身を固くした。そして顔を赤くし、道ばたから七郎右衛門を睨んでくる。

「鷹五郎の実の兄だと思うゆえ、気を遣っておるのに、その態度は何だ。出世をしたからか？　随分偉そうではないか」

ならば今後、銅山で自分を頼ってはくれるなと、左次馬ははっきり言ってくる。

「左次馬殿、言い方が悪かった。申し訳無い。そのように腹を立てないで下され」

いつもは大人しい左次馬が、今日は驚くほど、あけすけに文句を言ってくる。七郎右衛門は狼狽(うろた)え、頭を下げた。

しかし、左次馬は機嫌を直さない。

「お主は、口では甘いことを言う。だが、それがしより別の奉行を、信頼しているようだ」

「は？　今いる山役人の方々には、これからお会いするのですが」

別の奉行とは、誰のことなのだろうか。赴任前から揉めるとは、我ながら情けなかった。そして銅山のある山が、道の先に、そろそろ姿を見せてきており、事情が分からぬまま、山へ入っては拙いと思われた。

（仕方がない）

七郎右衛門は腹をくくり、左次馬に正面から問うてみることにした。

「もしや、怒っておられるわけは……」

すると、だ。左次馬は最後まで話を聞かず、両の足を踏ん張って、こちらを睨んでくる。

「三万両！　この金額に覚えがあろう？」

「えっ、あの……」

「新鉱脈を掘り当てる気だそうだな。そこまでの大枚を銅山で使おうというのに、身内同然のそれがしに、黙っておったな。許せぬわ」

（うわっ、よりにもよって三万両の件で、怒っていたのか）

一体、どこから話が漏れたのだろうか。七郎右衛門は慌て、必死に言い訳を伝えた。

「それは、左次馬殿だけが先にご承知では、却って困ると思ったからです。本当に、そう考えたのです」

「嘘をつけっ。事情を話したら、わしが仲間へ三万両のことを、伝えてしまうと思ったのだろう。ああ、そうだな。話しただろうさ」

左次馬は開き直った。しかしそれでも、七郎右衛門が隠し事をしたことに腹が立つと、言い切ってくる。

「よって、これからわしを頼りにするなよ」

左次馬はその上、己も七郎右衛門に一つ隠し事をすると、言葉を重ねた。

「えっ、なぜそんなことを」

「知れたこと。嫌がらせだ！」

呆然とし、上手く言葉を返せないうちに、左次馬は先に行ってしまった。今はこれ以上何か言っても、更に怒らせるだけだと思い、七郎右衛門は黙って後ろを歩いてゆく。

（ああこれでは左次馬殿に、お味方頂けぬな）

山から利忠公へ送る、報告の文面が決まった。

（わが殿、せっかく銅山御用掛頭取にして頂いたのに、それがしはこの有様です）

山役人達の助力が得られぬまま、気の強い山師達と、向き合わねばならないのだろうか。左次馬の背を見ながら、七郎右衛門は何度目かの、深いため息を重ねた。

二

「七郎右衛門殿、この度は銅山御用掛頭取ご就任、おめでとうございます」

やっと面谷銅山へ到着すると、七郎右衛門は役所で、山役人達から挨拶を受けた。

長詰めの奉行として、面谷で暮らしている木村衛が、まずは祝いを口にする。左次馬、同役の小泉佐左衛門、それに知った顔の山内や水口、金崎などなど、多くが顔を見せていた。

（そうか、今はこの身が、この御山にいる役人の天辺にいるのだな）

今更ながら出世の事実を感じ、七郎右衛門は鹿爪らしく挨拶を返した。

山役人は三十何人かいる筈だが、丁度忙しい時だったらしく、山方は来ていない。

（あの役方は確か、鉱脈へ至る道、坑道を掘る作業を、受け持っておったな）

勿論、深い坑道の穴の中で、実際に銅を掘るのは、掘大工といわれている山師達だ。

本番役所の面々も、急には動けぬようで顔がなかった。

（ええと……本番役所は、そう、雇っている山師達の、賃金を決める者だった）

食料など、山で使う品の一切も扱う。荒銅を、大野の東吹所まで送る役目も担う。武士の勤めといえば、毎日働くことすらなく、暇なものだと言われているが、ここ面谷では、そうはいかないのだ。

左次馬は機嫌を損ね、道中ずっと不機嫌だったから、二人きりではなくなって、七郎右衛門はほっとしていた。

左次馬の方も気詰まりであったのか、早々に、挨拶の場から離れていった。すると役所の皆も、後に続く。役人達が、あっという間に消えてしまったので、木村が驚き、慌てて七郎右衛門へ頭を下げてきた。

「役人方が七郎右衛門殿へ、山での受け持ち分について話すと思っておりましたのに」

新任の銅山御用掛頭取が到着すれば、銅山を案内して回るのが、常らしい。七郎右衛門は笑って、七年前に銅山で頭取役をやったから、大体のことは承知していると告げた。

「だから木村殿が同道し、今の山について、軽く話してくれるだけで良い」

木村は、ほっとしたように笑った。

役人が寝泊まりする家へ荷を置くと、七郎右衛門達は早々に、山へ足を向けた。木村の説明は、短く的確だった。

「面谷村にある家数は、今、七十軒ほどです。山師達の人数は、四百五十人前後といったところでしょうか。他の村より雇った者が、百二十人ほど銅山へ稼ぎに来ております」

村には他に僧侶や医者がおり、庄屋も決まっている。銅鉱を掘り出したり、銅を精錬する者達は山師と呼ばれている。

七郎右衛門は低い川沿いの道を、懐かしく見た。川を挟んで向き合う、面谷の村と鉱山、両方の山へも目を向けた。

「しかし久方ぶりに、これだけの斜面を歩いたわ。山での行き来は大変だ」

この面谷の地で平坦な場所は、川とその周りにしかない。村も鉱山も、川の両側から急勾配を見せている、登り斜面にあるのだ。

だから、斜めになった土地に石積みをし、段々畑のように平らな土地を生み出して、家を建てていた。家々は、幾重にも重なって山肌を覆い、山の天辺にある神社近くにまで続いている。余所ではなかなか見られない光景であった。

そして面谷川を挟んだ反対側の山に、銅山坑道の入り口がある。坑道の全ては、山の内に隠れているから、こちらの山は静かなたたずまいだ。

ただし銅の精錬をするのに、燃料に使う木々を切り倒しているから、山肌が顔を見せ、所々が崩れている。坑道内の危うさを、垣間見せている光景であった。

「ご承知でしょうが、銅山には、七郎右衛門殿や自分が迷い込んだら、出ることも叶わぬほど、多くの坑道があります」

坑道は長く、山の内で複雑に繋がっていると木村が語る。村で人の姿は見たが、見慣れぬ七郎右衛門を避けているのか、寄ってはこなかった。

「銅山は変わらぬな。ではまず神頼みに行くか」

鉱山では事故がまま起きる。よってどこの山でも、山神様を大事に祭ってあった。神のご加護は七郎右衛門にとっても、何としても必要なものだ。七郎右衛門は、出会った村人へ気軽に挨拶しつつ、村の中程にある階段を上り始めた。神社は村の天辺、山の一番高いところにあるのだ。

「思い出した。この階段はきつかったっけ」

山頂まではまだ大分あるのに、直ぐに足が重くなる。家の脇を何とか上り続けたが、そのうち息があがった。

（階段自体が、長く延びていく気がするぞ）

じきに膝が笑い、足が止まってしまって、連れに謝ることになり、木村が慰めてきた。

「山は久方ぶりでしょうから、仕方がありませんよ」

何度も足を止めつつ、神社を目指した。毘沙門天に弁財天、それと、面谷銅山の銅で作られたという、大黒天を祭る辺りに着くと、木村が一休みをしようと勧めてくれる。

七郎右衛門は神社近くの石に座り、ほっと息をついた。すると、神社に人がいないのを確かめてから、木村がおずおずと言葉を向けてくる。その顔が何故か強ばっていた。

「七郎右衛門殿、先日頂いた手紙に、これから銅山で新鉱脈を探すと書いてありました」

だがそれを読んで、銅山奉行であり、長く銅山で暮らしている木村は、一寸首を傾げたという。

「その、新坑道を掘る御普請をするとなると、金が大層掛かります。金については書いておられなかったが、どうするおつもりかと気になりました」

しかし、木村は七郎右衛門と面識はない。それで事情通の知り合いに、金の話を問うてみたという。

「それがしの縁者の親しい者に、江戸留守居役がおりまして。お役目柄、色々承知しております」

今までにも、藩内の金の動きを問うたことがあった。そちらへ話を向ける方が、木村にとっては気が楽だったのだ。

「何と、江戸留守居役ですか」

七郎右衛門は、三万両の話がどこから漏れたのか、一瞬で分かった。

幕府から借金をしたのだ。幕府や、他藩との付き合いを受け持つ江戸留守居役なら、間違いなくその件を承知している。

「面谷銅山で新鉱脈を切り当てるため、藩が幕府より三万両、借りたことを知りました」

事情を摑んだ木村は、一層震えることになった。

「となるとこの件は、新任の銅山御用掛頭取のご意向ではなく、藩の方針ということになります。大枚を使ったあげく、見つからなかった場合、銅山はどうなるのでしょうか」

不安が募っている間に、件(くだん)の留守居役から、次の話が伝わってきた。大野藩から幕府へ出された書面によると、銅山の新たな御普請は、中切坑と大兎坑で行われるらしい。新鉱脈を切り当てる見込みのありそうな坑道を、再掘するのだ。

「ことの進みが早く、それがしは慌て申した」

中切坑と大兎坑は、いつも銅鉱を掘っている場所とも繋がっている。よって新鉱脈探しは、掘大工達の日々の仕事を妨げかねない。

「それで……山師達を束ねる者、金子の仁兵衛と平六に、色々話を聞いてみたのです」

二人はただの金子ではない。坑道を掘る御普請を、指導監督する立場の者であった。配下には、鉱石を掘る掘大工や、落盤しないよう坑道内を工事する普請大工、水くみ人夫、鍛冶職人などがいる。

「新鉱脈について、詳しい作業のことや、切り当てる望みがあるのかを問うなら、この二人が一番だと思いまして」

すると。金子二人は最初、新鉱脈探しをすると聞き、一笑に付したらしい。

「おお、笑われたのか」

その言葉が、ずしんと七郎右衛門の腹に響く。だが木村の言葉には、続きがあった。

「ですが御普請の費用として、三万両を用意しても駄目かと続けると、両名の顔つきが変わりました」

本当に、新鉱脈を切り当てられるかは別にして、藩が三万両もの金を山で払うとなると、山師達の稼ぎ方は変わるのだ。鉱石を掘るより鉱脈探しをする方が、稼ぎが良いとなれば、そちらへ移る掘大工が出る。

「なぜ三万両と言ったのか、二人から詰め寄られました。その、申し訳ありませぬ。銅山御用掛頭取が、実際にそれだけの金子を用意されたことを、白状してしまいました」

木村が傍らで、深く深く頭を下げる。話は他の金子や山師達にも、あっという間に伝わったらしく、七郎右衛門は大きく息を吐いた。

「なんと。左次馬殿が、金のことを承知しているはずだ。これは既に山役人全員が、ことを承知しておるな」

銅山奉行小泉が、酷く不機嫌な訳も察しが付いた。新参者の七郎右衛門が勝手に、御普請のやり方まで決めたからに違いない。木村の頭が、地面近くにまで下がった。

「も、申し訳ございません」

だが七郎右衛門は、謝り続ける木村を、責める気にはなれなかった。話が漏れることを厭う(いと)なら、己が早めに動き、江戸留守居役の口を封じておくべきだったのだ。

「やれやれ。まあ、既に広がってしまった話だ。仕方がない」

諦めと共に言うと、木村が本当にほっとした顔で、また頭を下げてくる。

「しかし山師達は仲間思いなのだな。大金の絡んだ話をすぐ、皆へ教えるとは」

するとこの時、神社の境内に、笑い声が聞こえてきた。驚いて声の方へ目を向けると、壮年の男が二人と三十歳ほどの男が、神社へ登ってくるのが見えた。半纏(はんてん)をまとい、紺の股引(ももひき)と草鞋(わらじ)を身につけている。その内二人の顔に、見覚えがあった。

三

「山へお帰りなさいまし、七郎右衛門様」

「おう、久しぶりだ。仁兵衛、平六というのは、二人のことだったのか」

顔見知りの山師達は、七年前、七郎右衛門をよくからかってきた者達だった。仲間思いの金子になったようだと、七郎右衛門は苦笑を浮かべつつ褒めると、二人は頭を掻いた。

「あんなでかい話を聞いて、仲間達に口を閉ざしている訳には、いかねえんですよ」

三万両が掛かった話を黙っていて、万一、後で良鉱が見つかったら、山師の間で大喧嘩になってしまうという。

「そいつは勘弁だ。おれたちはこれからも、この山で暮らしていくんでね」

「なるほど」

仁兵衛によると、鉱脈は枯れたり、水が出て掘れなくなることが結構多いという。権利のある坑道が掘れなくなったら、金子も山師も、実入りが無くなってしまうのだ。

「ですからねえ、藩が大枚をはたいて、新しい坑道を掘ってくれるって話を聞いて、皆、喜んでるんですよ」

今日の山師達は、昔剣突を食わせていた七郎右衛門に、いたって愛想がいい。

「藩が行う御普請は、山師達の負担にはならないからな。そりゃ、大歓迎だろうさ」

はっきり言うと、仁兵衛が笑った。そしてここで、伴ってきた男を紹介してくる。

「こいつは本次郎と言って、腕が良くて生意気な掘大工でさぁ。聞きたい事があるってんで、連れてきやした」

仁兵衛は七郎右衛門の事を、身も蓋もない正直な言葉で、本次郎へ伝えた。

「元は山奉行の下っ端、頭取だった方だ。青臭いことを平気で話す、新米でなぁ。およそ出世には縁がなさそうだったのに」

まさか銅山御用掛頭取になるとはと、隣にいる平六も笑う。七年前を知る二人は、木村が戸惑う程、遠慮なしであった。

すると本次郎が、一歩前に出た。そして七郎右衛門へ、ぶっきらぼうに言ってくる。

「坑道を掘ったからって、その先に新鉱脈が見つかるとは限らねえ。いや、そいつはとんでもなく難しい。まるで博打だな」

それも分からず、新鉱脈探しに三万両も注ぎ込むつもりとは、お偉い様はどうかしてると本次郎はいう。

「おい、無礼だろうが」

木村が慌てたが、黙らない。

「でもさ、万に一つ新鉱脈を見つける、つまり切り当てるとしたら、そいつはおれたち、掘大工の誰かだ」

暗い坑道の一番先で、鉱石を掘るのは、掘大工であった。

「銅山御用掛頭取のお役人様。お前様が、今、この山の一番なんだろう？　なら、さ」

もし、藩が求めている鉱脈を切り当てたら、どういう褒美をくれるのか、本次郎は単刀直入に問うてきたのだ。七郎右衛門は石の上で居住まいを正すと、心づもりを告げた。

「まずは金一封が出る。酒も出るな」

それから、切り当てた者が希望すれば、新たなその鉱脈での仕事を許す。目立って良鉱だった場合、見つけた者の名を、その坑道に付けることも許す。

七郎右衛門がそう言った途端、金子二人が声を上げた。

「そいつはいい！　誰かの名が付いた坑道があるのを、羨ましいなと思ってたんだ」

「本次郎は、鉱石を掘る掘大工だな。いずれ掘大工をまとめる、金子になりたくはないか？　新鉱脈を切り当てれば、力を貸すぞ」

良鉱の周辺では、更に鉱脈が見つかることがあった。

「一本切り当てた者には、藩から金を借す」

藩の雇われではなく、歩合の契約で新鉱脈を切り当てれば、掘れば掘るほど、実入りが増える訳だ。金があれば、人を雇う側に回れる。歩合で働いている者は、実際山にいた。七郎右衛門が口にした話は、夢、幻ではないのだ。

「凄(すげ)え、大盤振る舞いだ！」

本次郎が目を輝かせると、七郎右衛門はにやりとした。

「ただし、他の者が新鉱脈を見つけた場合、褒美はそちらへゆく。当たり前だがな」

「うっ……」

仁兵衛と平六が本次郎の後ろで、へらへらと笑い声を上げた。

「掘大工の甚吉や又十郎が、自分が必ず切り当てると大口叩いてたぞ。他にもいたな」

「切り当てんのはおれだ！　おれは腕がいい。運もいい。お役人様、約束は守れよ」

七郎右衛門が、石からゆらりと立ち上がった。そして山師達へと近づく。

「お主らに言われるまでもなく、今回の新鉱脈探しは、大きな賭けだ。分かっておる」

だから賭けの払いは、勿論ちゃんとする。博打をしたのに、その支払いをしないなど、許される事ではないのだ。

「そうであろう？」

「おお、銅山御用掛頭取、人がこなれてきたねえ」

金子二人が、それは嬉しそうに言うと、七郎右衛門は更に三人の側へ寄った。そして、仁兵衛へ覆い被さるように顔を寄せると、相手が後ずさるのも構わず、低い声を出した。

「お主達は、賭け事が気に入っているようだ。銅山では博打が禁止されておる。なのに山師達は、そういう約束を破ることは平気だ」

七郎右衛門はわずか一寸の先から、ぎょろりと金子を睨んだ。

「だが賭けをしたいのなら、今は銅山でしろ。大枚三万両を張った盆ござなど、他にはあるまいさ」

「ひ、ひえっ」

後ろへ飛び退いた途端、仁兵衛が山の坂を転げ落ちそうになり、平六と本次郎が必死に着物を摑んで止める。三人は何とか立ち直ると、すぐに神社から下っていった。

「おお、慣れたものだな。あの急な下り坂を転びもしない」

三人の背を見つつ言うと、木村は寸の間、呆然とした様子で七郎右衛門を見てきた。

「うかがっていたお人柄とは、少しばかり……違うような」

だがすぐにまた頭を下げ、木村は山師達の無礼な言葉を、律儀に謝ってくる。

七郎右衛門は、これで山師たちへ事を伝える手間が省けたと笑った。心配していた彼らとの関わりは、思いがけなく何とかなりそうに思える。山師達は、七郎右衛門が何者であっても、自分達に利があると見れば、割り切ってつきあう気なのだ。しかし。

「反対に心配になってきたのは、山役人の皆のことだ。どうすり合わせてゆくかな」

金のことが妙な形で伝わってしまい、既に、関係が十分こじれている気がする。

「今話した褒美の件も、山役人の面々へ、早めに言わねばならぬな。小泉殿や左次馬殿に、今以上にへそを曲げられても困る」

「ならばこの木村から、銅山御用掛頭取のご意向を、それとなく伝えておきましょう」

そして木村が明日にも、山役人達を一堂に集めるから、その席で七郎右衛門が改めて、新鉱脈開発の話をすればよい。

「今日は面谷に着かれてすぐで、お疲れでしょう。早めに休まれて、後は明日のことに」

木村の言葉を聞き、七郎右衛門は頷いた。

「では任せる。いや、助かった」

そろそろ夕刻だが、山の日暮れは早く、日が落ちるとあっという間に暗くなる。七郎右衛門は神社へ参った後、山の頂上付近から、転ばぬよう用心しつつ下りていった。木村と別れ、簡素な作りの部屋へ入り一人になると、ぐっと疲れを感じて座り込む。

だが。ここで七郎右衛門は、山役人達がどれ程へそを曲げているか、身に染みて知ることになった。

「これが……わしの夕餉(ゆうげ)か」

面谷銅山は藩の直営だから、この地の日々を支える様々な物は、藩があつかう。勿論食べ物も同じで、七郎右衛門は、夕餉の膳を出してもらえるものと思っていた。そして食べ物はちゃんと、部屋へ運ばれていた。

ただ。

「米と大根が置いてある」

炊いた飯ではなかった。味噌や水すら添えられていない。部屋には火の気もない。一瞬、木村を呼ぼうかとも思ったが、そういえば家も知らなかった。

「今から騒ぐのもおっくうか」

食べるものがこの有様では、山役人達が七郎右衛門を、親身になって助けてくれるとも思えない。七郎右衛門は、まともな食事は明日からにしようと諦め、腰から竹筒と袋を外し、干し芋を取り出した。そして弟に、心の内で手を合わせる。

「まさか介輔の心配を、ありがたく思うことになるとは、な」

段々、暗くなってゆく部屋で芋を噛みしめると、その甘さが身に染みた。

四

五月、七郎右衛門はいったん大野へ戻った。そして重助と共に、二の丸におられる利忠公の元へ向かった。

城下を抜け城の奥へ入ると、今度も同じ部屋で、小声で話すことになった。

利忠公は、すぐに七郎右衛門を見据えてきた。

「ところで、お主を銅山用掛頭取としたのに、なぜ早々に面谷から戻ってきたのだ？」

知らせを受けていないから、まだ新鉱脈は見つかっていない筈と、公の眼差しは厳しくなる。重助が、慌てて間に入ってくれた。

「殿、新鉱脈は、掘ればすぐに見つかるものではございません。それに今回、七郎右衛門殿は、山師達と思いの外、上手くやっているようでして」

腕利きの掘大工達を、鉱脈探しへ駆り立てたようだと、重助は七郎右衛門の良いところを話してくれる。

だが鋭い公は、七郎右衛門がいくらか足を引きずっており、杖を突いているのを承知していた。公が、今日も側に控えている久保彦助へ目を向けると、近習は、七郎右衛門が山で足をくじいた件を口にする。

（おや、物知りなことだ。彦助殿は山に、目でも持っているようではないか）

公が顔を顰めた。

「今月、参勤交代で江戸へ向かわねばならん。七郎右衛門、お主のことだから、足が動けばまた銅山へ向かうだろう。だが、わしが不在の間に、怪我を増やすでないぞ」

銅山で大勝負をしている者が怪我人では、動きが取れない。そもそも公が新たに動く時、味方の一番下っ端が、体を損ね、邪魔をしてはならなかった。

「何故だか足をくじいたようだしな。気をつけよ」

「申し訳ございません」

七郎右衛門は畳に両の手を突き、深く頭を下げた。米と大根のみの飯については、早々になんとかした。ところが、あの後暫くして、面谷で誰かに背を押された。川沿いの道から、河原へ転がり落ちてしまったのだ。

ひっくり返ったまま見上げた道には、人が思いの外たくさんいて、その内の誰が己を押したのか、今も全く分からない。背に、手の感触が残っていたが、文句を言う証にはならなかった。

怪我で斜面を登れなくなったのと、気を落ち着けるため、七郎右衛門は馬の背に乗せて貰い、一旦大野城下へ戻ってきたのだ。

この時公が、この後の心づもりを語り始めた。

「わしはこの先、面谷で新鉱脈が見つかるかどうかにかかわらず、藩の改革を進める」

利忠公の言葉に、重助が頷く。二人はその決意を、分かりやすい言葉で皆へ告げようと考えていた。今はその為に、官左衛門などと話を重ねているという。

「まずは、この後、時機をみて、重助を家老とする」

改革の要とするためだ。そこまで時機を待つのは多分……面谷銅山の新鉱脈発見を、願っているためだろう。

「ただ、重助を家老にした場合、大田村こと田村左兵衛も、同じ立場に据える必要があろうな」

重助だけを重用すれば、前々より力を持つ一派が、一気に反発しかねなかった。藩主であっても、ただ己の意を通すのみでは、藩政は動かないのだ。

「しかも田村達は、悪人ではない。国の難儀も承知しておる。わしには、田村達の気持ちも分かってしまう。それが厄介なのだ」

「殿、厄介とは……」

「相手が悪ならば、戦うのみだ。しかし、な」

田村達はただ、意見を異にする者なのだと、公は言葉を続けた。

「土井家の先代、先々代は、続けて亡くなった。ゆえにわしが幼い頃、田村家は家老を出し、ずっとこの藩を支えてくれた」

だから感謝している。公はそう口にした。

表高が四万石なのに、大野藩の実高は、二万八千石程しかないことを考え、今の借金額を思うと、田村達歴代の家老の、金遣いが荒かったとは思えない。いや、無茶をする藩主が出るより、藩の金蔵は大きく傾かずに済んだともいえた。

「だがな、それでも大野藩は借金が嵩(かさ)み、後がない。今と同じやり方では、もう駄目なのだ」

今の家老達の考えに寄り添っていると、大野藩は変われない。そしてこのまま借金に、埋もれてゆくことになる。利忠公には、そんな明日が見えてしまうのだ。

「だからわしが、決断をせねばならない。それが出来ぬのなら、わしは藩主になるべきではなかった」

それでも、敵ではない者を切り捨てるのは、胸の奥が痛む。

「だから、厄介と言った」

利忠公の言葉を聞き、七郎右衛門は目を見開いた。変わるまいとする者達は、殿と対立する者だと、単純に考えていたのだ。

(だが殿のお言葉を聞くと、少し違う)

七郎右衛門はここで、今更ながらの事に思い至った。利忠公がお子であった頃、名家田村家はその養育に、関わった事があるやもしれないのだ。

養父と実父を早くに亡くした公には、育ての親こそ、心を許してきた者であろう。

(利忠公の苦しみは、我ら家臣が背負う苦労とは、違う)

この先、面扶持(めんぶち)という大事を告げる時がくれば、公と田村家は、対立したと噂されることだろう。田村家が公をどのように思うのか、七郎右衛門には分からない。己に出来るのはただ、必死に新鉱脈を探すことのみであった。

（面扶持は国の皆へ、大いなる節約を頼むことだ。じき皆が苦しくなる。それを乗り切れるよう、せめてわしは、金の面だけでも殿をお支えせねば）

だが焦っているのに、七郎右衛門にはこれ以上、新鉱脈の件を動かす力はなかった。

（せめて山方役の清兵衛竪普請所が、もっと動いてくれれば……）

しかし普請所は、新鉱脈を探す以外の仕事で、忙しいらしい。つまり七郎右衛門のためには働いてくれぬから、後は金子や掘大工、そして運が頼りなのだ。元金が減ってゆき、胃の腑が痛くなる毎日だが、待つしかない。

（動けない。それが、苦しい）

すると。その思いを見透かしたかのように、ここで公が七郎右衛門へ、新たな問いを向けた。今、藩が抱えている借金の返済を少しでも減らせないか、考えを尋ねてきたのだ。

（おや、鉱山のことに専念しろと、お考えかと思っていたが）

七郎右衛門はすぐ、金を貸してくれている金主を、代える案を出した。借金の額が大きいから、金利は少しでも安い方がいい。更に七郎右衛門はここで、優先的に返す契約となっている、藩債の額を確認する。重助が数字を示し、三人でこちらの金利も確かめた後、利忠公が借金の借り換えを指示した。重助が顔を顰（しか）めた。

「ああ、利息の計算に強い七郎右衛門殿が、足を痛めておるのは不便ですな」

銅山から戻っている間に、京、大坂にいる藩の金主へ使いにやりたかったと、重助は言ったのだ。

「でも、その足では難しかろう」

だが公は、容赦なかった。

「重助、馬と舟を使えば、歩けずとも先へは進めよう」

かまわぬから七郎右衛門を西へやれと、殿は言われたのだ。

「この男なら金の事で、商人の金主達に言い負けたりすまい。当人も、ただ面谷銅山からの知らせを待っているより、楽だろうよ」

「ではすぐに、馬の手配をいたします」

こちらの返事など待たず、控えていた彦助が席を立つ。面谷のことは彦助が、まめに文で知らせてくれるということで、公が江戸へ向かう前に、七郎右衛門は西へ向かう事に決まった。

馬に乗れば進めると言われたが、人は、足を使わずに動けはしない。七郎右衛門の旅は、やはり難儀なことになった。

五

それでもどうにか京へ向かうと、最初の借金の借り換えは、存外上手くいった。しかし面谷からは、何の知らせも来ない。

その後、大坂へ舟で回り、筋金入りの商人達と向き合った。足の痛さが薄れた頃、多くの借り換えが済んだが、彦助からの文によると、面谷は変わりなしとの事で、胃の腑がますます重くなる。

大野へ戻る頃には、季節は移っていた。妻が作ってくれただんごが喉を通らない。

（あの山中の村の者も、だんごを食べているのだろうか）

銅山の三万両は減ってゆき、そして未だ面谷では鉱脈が見つからない。山では、新鉱脈ばかりを探しているわけでないと知っているのに、気持ちが萎える。

七郎右衛門は落ち着かず、今度は藩債の件で近江国信楽、京都や摂津国へ向かった。金の融通を頼んだ大商人達と舌戦になり、いつもの七郎右衛門であったら、大いに苦しい日々だったと思う。ただ今回は利息や、返済期限について言い争っている方が楽で、引かぬ構えでいるうちに、商人達との駆け引きにも慣れ、話がまとまっていった。

（何故面谷から、何の知らせも来ないのだ）

大野へ帰っても、嬉しい便りは届いていなかった。

（殿に文を出せぬ。申し上げることがない）

七郎右衛門は大坂の土産を手に、新堀の隆佐のところへ顔を出した。すると弟宅には何人かの若い顔が揃っており、話が盛り上がっていた。

「おう、介輔も来ていたのか。隆佐、大坂の土産だ」

あみだ池大黒の岩おこしだと言い、日持ちのいい菓子を出すと、甘味の好きな若い面々が、すぐに手を伸ばす。二十歳も下の弟介輔と、仲の良い岡田求馬(もとめ)もいた。二人と一つ違いで、隆佐を師と仰いでいる吉田拙蔵(せつぞう)、それに七郎右衛門より十二歳ほど下の、早川弥五左衛門(やござえもん)が、顔を揃えている。

弥五左衛門は、隆佐の妻、偉志子(いしこ)の兄だから、隆佐の義兄だ。

「兄者、この岩おこしは男向きだの。美味いが結構固いわ」

隆佐はそう言い、ばりばりと四角い岩おこしを齧(かじ)ってゆく。そして七郎右衛門に酒を勧めつつ、聞いてきた。

「今回兄者は、藩債の件で旅に出たと聞いたぞ。借り換え、上手くいったのか？　ああ、それは良かった」

七郎右衛門が首を傾げ、何故そんなことを承知しているのかと問うと、部屋の五人は顔を見合わせた。介輔が笑い、最近大野では内山家の事が、噂の的なのだと言ってきた。よって色々、事情が耳に入るらしい。

「何しろ兄者は、あの面谷銅山へ、大枚三万両を注ぎ込んだのだから。暫く城下は、その話でもちきりだった」

「なんと……あれが噂になっていたのか」

考えてみれば面谷銅山の山役人達は、とっくに三万両のことを承知していた。とびきりの大事であるから、その件は面谷から大野へ、もの凄い早さで伝わったに違いないのだ。

「となると隆佐も介輔も、周りから色々言われて大変だったろう。済まぬ」

三万両を注ぎ込んだ頃、七郎右衛門は面谷銅山にいた。その後も借金を借り換える件で長く国を出ており、噂の矢面(やおもて)には立っていなかったのだ。

すると剛胆な弟二人は、ふふんと鼻で笑った。介輔などまだ元服前なのに、気丈に大人へ言い返していたらしい。

「人が命がけでやっていることを、陰でこそこそ貶(けな)す奴は好きません。正面から要らぬ事を言ってきた者には、兄者へ紹介しようかと聞いてみました。文句があるなら、お手前が面谷銅山へゆき、大枚を使わず山を盛り立ててろと言ったんです」

見事に全員、さっさと離れていったらしい。

隆佐は七郎右衛門へもう一杯注ぐと、銅山の見込みはどうだと、真面目に問うてくる。

「うん、使える手は全て打っておいた」

新鉱脈を切り当てた者には、幾つもの権利を約束した上、明日への夢もくっつけておいた。銅山用掛頭取の権限だ。

「ついでに、それとなく博打の話を持ち出して、山師達の頭(かしら)と覚(おぼ)しき二人を、脅しておいたわ。その話は山師達の間に、とうに伝わっておる筈だ。怠(なま)けず働くだろうよ」

ここで、岩おこし片手の拙蔵が目を丸くし、七郎右衛門を見てくる。

「えっ……脅すって、七郎右衛門殿がやったのですか？　大層真面目な方だと思っていたのですが。いや、その」

途端、隆佐が明るく言った。

「兄者はなぁ、見た目が真面目ゆえ、人に誤解されるのだ」

「何だ、誤解とは。わしは真面目だぞ。うん」

「兄者、生真面目な人は、馬鹿をした隆佐兄者を追っかけて、大野の町中を走り回ったりしませんよ」

けらけらと介輔が笑う。隆佐ときたら拙蔵達に、お主らも間抜けをすると、大野中を追い回されるぞと、有り得ぬことを言った。求馬は呆然とし、弥五左衛門は何故だか笑いつつ、そっぽを向いている。

そこで偉志子が蕎麦切り（そばきり）を出してくれたので、七郎右衛門は久方ぶりに、ほっとした心持ちで飯を食う事が出来た。集まっていた皆は、いずれ己も関わるかもしれないからと、面谷銅山や西国への旅について聞きたがる。大勢と語らっている間だけは、七郎右衛門も落ち着いていられた。そして。

（わしは、真面目だよな？）

少しだけ、別の話で悩むことも出来たのだ。

しかし翌朝になると、七郎右衛門はあっという間に、また落ち着かなくなった。

不安と焦りが寄せてきて、余りに立ったり座ったりを繰り返していたら、みなに、また足が痛くなりますよと叱られた。

だが七郎右衛門は、じきに我慢が出来なくなり、〝登山〟の支度を始めてしまった。

七郎右衛門が銅山に行っても、新鉱脈が見つかるわけでないことは、重々承知している。

(なのに、少しでも銅山の近くにいなければ落ち着かないのは、何故なのだ?)

三日後には、再び九頭竜川本流沿いの川通へ踏み出した。山は緑が深い。ひとり旅だから、話す相手もいない道中、代わりに沢山のあぶに襲われ、閉口した。

(頼むからいい加減、鉱脈が見つかってくれ。一本でいい。そこそこの鉱脈でいい)

面谷銅山へ戻ると、木村や伊藤などの山役人達から、驚きの顔を向けられた。山で川沿いの道をゆく時、背中へ伸びてくる手を思い出したが、今はそういうものすら怖いとは思わなかった。

(本当に怖いのは、金が尽きることだ)

(更に怖くてたまらないのは、殿の心づもりに、間に合わなくなることだ)

七郎右衛門の思いつきに乗ったことを、利忠公に後悔させてしまうことであった。

急勾配の山を登ると、足がまた痛みだし、杖が手放せない。そんな己の姿を、木陰から見てくる目を感じた。

(山役人達か。山師もいるな)

未だに良き知らせはなく、皆は怖い顔の七郎右衛門に寄ってこなかった。山役人達が、前にも増してよそよそしく思える中、それでも朝が来て、また暮れていく。

「もう、秋だ。なのに、まだ鉱脈は見つからぬのか」

山は日暮れが早くなってきた。夕方など、川沿いをよく歩いたが、不思議なことに銅山の近くでは、川に、魚の姿を見なかった。

そんな時、親切で掛けてくれた山方役人の言葉が、頭の中を巡ったりした。

「七郎右衛門殿、鉱脈が見つかった時の為に、少しは金を残しておかぬと駄目ですぞ。坑道には、掘り出した鉱石を運ぶ、廊下と呼ばれる場所を作らねばなりませんゆえ」

だが金の算段をしようにも、何も見つからぬのではという心配が勝って、手がつかない。

「新鉱脈は、今日も見つからぬ」

待っている内に、日々が寒さに包まれてきた。やがて雪がふりだして、積っていく。年末、城下へ帰った。焦る。それでも毎日待つだけだ。昨日も今日も、山師達から知らせは来ない。

雪が解けると、また面谷へ向かった。日が長くなっていっても、心配が増すだけの日々が続く。公に、御子(おこ)が生まれるらしいと聞き、喜んだが、その気持ちもすぐ、焦りに変わっていく。新しい鉱脈など、面谷銅山の内にはないかのようであった。

六

「切り当てた！　新しい鉱脈だ。本次郎が見つけた！」

七月のその日、面谷は、山全てがうなり声を上げたかのように騒がしくなった。

実際、村人の山師達も雇われ者も、山役人達すら、川沿いに響いて来た声を聞いて表へ飛び出ると、確たる話を求めて駆け回った。

七郎右衛門のところには、金子である仁兵衛が自ら来た。共に急ぎ、鉱山の坑口へ向かう途中、事情を話してくれる。

「手柄は、あの本次郎のものだ。銅山御用掛頭取の旦那、ちゃんとそいつを、心得ておいておくんなさい」

新鉱脈探しは今、中切坑と大兎坑、二本の坑道を再掘する形で進められていた。そして七月の今日、新鉱脈が見つかったのは、長く使い物にならないと言われていた、中切坑であったという。

「そっから、竪間歩鏈（たてまぶひ）に向けて掘り、鉱脈を見つけたとか。七郎右衛門様、信じられねえんですが、とんでもねえ良鉱のようです」

質も量も見事で、これならば近くにも他の鉱脈があり、切り当てられるに違いない。いや大兎坑も望みがあるようだと、山師達が興奮ぎみに話し、坑道の中には声が響き渡っているらしい。

「……本当に、新鉱脈が見つかったのだな」

まだ信じられなかった。皆の声が、不思議と遠くに感じられ、全てが目の前で起こっていることとは思えなかった。

山の坑口で木村と行き会い、共に中へ進む。入るとすぐ、ひんやりと感じた。坑道内は思いの外広く、これが先に聞いた、廊下と呼ばれている場所かと思い至った。

中切坑は、面谷銅山の中でも三本の指に入る長さの坑道だとかで、かなり奥まで入れるようであったが、七郎右衛門がそれ以上進むのを、仁兵衛が止めた。じきに新鉱脈の鉱石を日の下に出し、どれほどのものなのか、表で確かめることになるからというのだ。

「今、掘り出したものを持って、本次郎がこっちへ来ます。すぐですよ」

待ち構えている間に、表から声が聞こえてくる。鉱山での普請を受け持つ山方役人が、掘大工を連れ、坑口近くに着いたのだ。更に坑道の奥からざわめきが聞こえ、本次郎が現れる。臀（しり）の辺りに円座（わろうだ）をくっつけ、半纏や紺の股引は鉱石のかすで汚れていた。

本次郎は籠を持っており、中に銅鉱が入っていた。

「良くやった！」

思わず駆け寄り肩に手を置いたが、本次郎本人もまだ、呆然としている風に見える。金子や山師達が手伝い、坑口から鉱石を表へ運び出すのに付いて、七郎右衛門も出た。

すぐに仁兵衛や、清兵衛竪普請所の大工達が、鉱石を調べにかかる。長年銅鉱を見てきた者達の顔に、笑みが浮かんで張り付いた。

「そりゃ、鉱石を荒銅にしてみないと、はっきりしたことは言えませんがね。でもこいつは、間違いなくお宝ものだ」

「ということは仁兵衛、新鉱脈探しに使った借金が、返せそうか？」

七郎右衛門が真剣な顔で問うと、銅山の坑口近くで、どっと笑い声が湧く。面白いと言い出した仁兵衛に、ばんばん背を叩かれた。

「相変わらず七郎右衛門様は、銅山のことに疎いねえ。この鉱石は、そんな心配をぶっ飛ばすくらいのお宝さね。質だけじゃない。取れる量も凄そうだと言ったでしょうが」

　順調に採掘が進めば、見つかった新鉱脈は三万両を全部返した上、藩を支えてゆくに違いない。金子の大物は、そう断言した。

　そして周りにいた山の者達は、誰もそれを夢物語だとは言わなかったのだ。

「七郎右衛門様、あんた博打に勝ったんだよ」

山肌が見えている山の裾に立ったまま、今まで力を貸さなかった山方役達が、坑口へ入ってゆくのを見送ることになった。

（わが殿、新鉱脈が見つかり申した）

　総身が揺れているように思え、この日を待っていたというのに、酷く落ち着かない。本次郎は皆から手荒い祝いを受け、幸運を感じ取ってきたのか、泣き笑いの顔になって頷いている。

ようよう、いつもの暑さを感じてきた。いつから鳴いていたのか、みんみんと響く蟬の声が、耳に届いてくる。ここに来て、納得出来ていた言葉が一つあった。

(わしは、切腹せずに済んだようだ)

七郎右衛門の目に、銅山を囲む山の緑が、ひときわ鮮やかに映った。昨日までと違う、輝くような色であった。


翌年、天保十一年の正月十一日、利忠公は中村重助と田村左兵衛を、共に家老とした。七月に利忠公が江戸から戻られるのを待たず、お役目の変更は大野へ、そして面谷にも伝えられる。

大田村の主、左兵衛は江戸家老となったので、雪の中、公のいる江戸へ旅立っていった。

(殿が、いよいよ一つ、事を進められた)

一方七郎右衛門は、前年新鉱脈が見つかってから、面谷で忙しい時を過ごしていた。山方役達と金子や山師らが話し合った末、中切坑だけでなく、大兎坑もこのまま、掘り進めていくことに決まった。皆は今、少し箍が外れる程、張り切っている。

「七郎右衛門様、大兎坑でも上手くいったら、また酒をよろしくお願いしますよ」

山師達は早くも一杯やる気でいた。

「中切坑と同じ時に掘り出したのです。大兎坑でも存外早く、鉱脈を切り当てられるかもしれませんな」

山方役までが、機嫌良く話していた。

「ならば早めに酒を、面谷へ運んでおくか」

褒美が早々に、本番役所へ運び込まれたと聞けば、山師達は仕事に精を出すだろう。七郎右衛門がそう言うと、今は山役人達も反発などせず、笑って事を進めてゆく。

もう宿へ、生の米が置かれることもない。七郎右衛門も山役人らへ気を遣い、秋、大野城下へ行ってきた時は、山へ酒のつまみなどを運び、皆と一杯やった。冬に行き来した折りは、家人から皆への文を預かり配った。

すると。良き運は、更なる運を運んできた。三月、本当に大兎坑でも、新鉱脈を切り当てたのだ。

「お、おおっ。またやった。凄いわ」

皆、雪がまだ多く残っている山で、小躍りをした。こちらも望外の良鉱で、やはり量が多いという。酒が用意され、今度は手慣れた様子で、山師達も山方役も動いてゆく。

「わが殿、やりました」

七郎右衛門が再び、新鉱脈が見つかったとの文を送ると、更なる嬉しい知らせが、城下から面谷へもたらされた。ある日、銅山奉行の木村が赤い顔をして、文を手に、皆へ知らせに走った。

「吉報でござる。和子様がお生まれになった。殿が跡取りの君を得られた」

利忠公が、鍵之助君と名付けたとのことで、続く祝い事に、山の皆は揃って浮かれた。藩の吉事であるから、山師達も山役人も、宴席を開き、また一杯やる事になる。

（ああ、殿は喜んでおられよう）

役所の一番広い間で、皆は熱い酒と、肴で楽しむことになった。鯖や芋の煮転ばし、酢の物までが並び、宴席の膳は賑やかだ。その席で、城下から届いた文へ目を落とした七郎右衛門が、小さく声を上げた。

「おや、どうしたのだ？」

新鉱脈が見つかったのち、ようよう機嫌を直してくれた左次馬が、早くも赤い顔をして、酒杯片手に聞いてくる。七郎右衛門は、弟の隆佐に、来年、子が生まれることになったと、笑みを浮かべて言った。

「無茶ばかりしていたあいつが、子の父になるのか。いや、不思議な気がしまする」

松浦は笑って、めでたいと言ってくる。そして驚いた事に、松浦へ養子に出した鷹五郎が、親になったと言ったのだ。

「そのな、これがいつぞや言った、こちらの隠しごとだ。鷹五郎と話してな、男の子であったから、半次と名付けた」

「これは驚いた。おめでとうございます」

いや羨ましいと、七郎右衛門はしみじみと口にした。

「うちも子が欲しいな。わしも父親になりたいものだ」

「そうか、お主の所には、まだ子がいなかったな」

既に大きな息子を持っている小泉が、酔った声で、いればいたで大変だぞと言って笑う。熱燗を飲む小泉達年かさ組は、今日はことのほか機嫌が良かった。

「当たり前だろう。次の藩主がお生まれになった。鉱山は一層、金を生む事になった。ああ、これで当分、大きな心配はないわ」

後は、流行病（はやりやまい）や飢饉に見舞われぬよう、神仏に祈るのみだと言い、皆、騒いでいる。七郎右衛門も、今日は心ゆくまで飲むつもりであったが……明日からは分からないと、密かに思っていた。

（銅山が金を生むようになった。殿は改革を急がれるだろう）

面谷銅山は今、大層な景気の良さに沸いている。しかし、だ。

（ここにいる山役人の面々は、いきなり面扶持になると言われたら、魂消る（たまげる）だろうな）

一方山師達は、藩と約束を結んだ上で働いているから、入る金が急に減るわけではない。改革が断行されると、暫くは山師達の方が、山役人達よりずっと、実入りが良いという事になりそうであった。

（山師達と藩の関係は、藩主と藩士達の関わりとは違うな。山師達は、主に〝仕えている〟わけではない。うん、違う）

彼らと藩の関わりは、そう……商い（あきない）での取引に近いと、七郎右衛門には思えた。あらかじめ約束を交わし、それに従って働く。

（だから、その契約通りでないとみれば、藩から山師へ文句がいく）

一方藩の山が、暮らしていけるほどのものをもたらさないと見れば、山師達は山を移ることもあった。そもそも山から鉱石が出なくなれば、その鉱山は閉じられ、山師達も余所へ渡るしかなくなるのだ。

「不思議な関わり方だ。我ら武士とは違う」

武士は己の主に仕えるのみであった。いよいよ利忠公から、面扶持を言い渡される日も近かろう。腹をくくると、七郎右衛門は今日一日、心ゆくまで酒と肴を楽しむことにした。

七

天保十一年、面谷銅山では銅鉱産出量が、これまでで一番となった。

そして七郎右衛門は、以前上方へ赴いたことへの慰労金として、二百疋(ぴき)頂いた。要するに、借金の借り換えを上手くやったので、一両の半分ほどの額を、ご褒美として頂いたのだ。これは酒の肴など、山役人達への土産代に消えた。

その翌年も銅山は好調で、増える仕事に追い回された七郎右衛門は、今度は銀二枚を賜(たまわ)った。この一両と二分ほどの金は、生まれた隆佐の長男、慎太郎(しんたろう)への祝いに化けた。

新堀の屋敷で初めて会った赤子は、父より母に似て、とてもかわいかった。よって正直にそう言ったら、笑い出した弟に拳固で小突かれた。

そして……銅山での仕事に追われている間に、天保十二年は暮れてしまったのだ。

「はて、城から、何の知らせも来ぬな」

利忠公は一体、どうされたのか。明けて天保十三年の雪の日、七郎右衛門は面谷の斜面を早足で駆け、役所や山師達の所を巡りつつ、首を傾げていた。

年が変わってから、七郎右衛門は銅山での御用の他に、産物方御用掛という新たな役を仰せつかっていた。藩内で特産品を増やし、それらで藩へ利益をもたらすよう、利忠公は求めてきたわけだ。

（以前、舅の縫右衛門殿に、大野で特産物を育てるべきと話したのが、拙かったかの。あのときの話が、殿へ伝わったに違いない）

銅山の仕事だけでも手に余っていたから、大いに後悔したが、仕方がない。七郎右衛門は、新たな仕事に時を割くため、雪が降っていてもかんじきを履き、面谷の斜面を駆け回っているのだ。

（しかし殿は一体、どうされたのだろうか）

雪の降り方が強くなったので、七郎右衛門は藍染めの手ぬぐいを頭に巻き、腹が減ったとこぼしつつ先を急いだ。

（銅山で新鉱脈が見つかったのだ。殿は去年の内に、藩改革に動くものと思っていたが。

面扶持を躊躇（ためら）われているのだろうか。それともやはり、田村殿などへ遠慮があるのか）

　何か訳がある気がした。しかし、それを思いつけず、新たな殿の動きも耳にできない。やっと聞いたのは、江戸家老、田村左兵衛が城下で開いた宴席に、殿が顔を見せた件だ。殿はそこへ、既に隠居している官左衛門を招き入れたらしい。

（確か、酒を楽しむ宴席が、詩を作り評する場になったとか。飲もうと張り切っていた連中は、さぞがっかりしたろう）

　田村左兵衛は藩士らの憂（う）さを晴らす為、大勢を集めて宴席を開いた。殿は借金返済の為、俸禄を止めて、その日食べる米だけを渡す、面扶持を行おうとしている。

（殿と江戸家老様の思いは、重ならぬな）

　雪まみれの姿で本番役所へ着くと、七郎右衛門はため息と共に首を横に振った。

「えっ？　何か不手際がございましたか」

　本番役所の役人が、不安げな顔を向けてくる。七郎右衛門は笑って手を振った。

「いや、済まん。いきなり目の前でため息などつかれたら、驚くわな。歩き回って腹が減っただけだ」

　せんべいかあられなど、軽く食べられるものがないか問うてみる。

「酒のつまみにも出来るものだと、ありがたいのだが」

「ああ、でしたらこちらがいいかと」

　丸いせんべいがあったので、十枚ほど貰うと、役人は七郎右衛門の帳面にそれをつけた。

本番役所は、面谷の、全ての品物を扱っている場所だから、山の者にとってよろず屋そのものだ。だがここでは、金の受け渡しは厳禁だった。買ったものは全て帳面につけ、働いて入って来る金との相殺と決まっている。

(誤魔化しを防ぐためかの)

礼を言って本番役所の表へ戻り、村の中を歩くと、知り人に会うたび、せんべいが減ってゆく。雪は更に強く降りだし、風を伴い、辺りの景色を白一色に変えていった。

「こりゃいかん」

七郎右衛門はせんべいが入った紙袋を懐に突っ込み、急ぎ役所へ戻ろうとした。無理は禁物、早く火鉢の側へ行き着きたいと、せっせと足を前へ出す。

するると。途中の斜面で、七郎右衛門の体は不意に、大きく傾いたのだ。

(は？　何でだ？)

転んだのではない。新雪が降り続いている時だから、滑ったのでもない。背に、覚えがある感触がした。以前一度あったように、誰かに押された気がしたのだ。

ただそう感じただけで、七郎右衛門は何も、誰も、見はしなかった。悲鳴と共に、頭から斜面へ転ぶと、そのまま下へ落ちていった。そういえば山にある面谷の村でも、かなり高い場所にいた事を、転がり続けたことで思い出した。

(な、何でだっ、どうして今、こんなことに)

顔に雪が当たり、痛かった。利忠公は動きを見せておられず、新鉱脈を見つけるという無茶も、奇跡的に叶ってしまった後だ。この吹雪の中へ七郎右衛門を突き落として、何がどうなるというのだろうか。

(痛いっ、げふっ、ごほっ)

体がぐるぐると回り、止まらない。どこまでゆくのか、落ち続けて目の前は、ずっと白いままだ。

叫びが、声になっているのかも分からない。そして。

突然、何かに突き当たったと思ったら、体が大きく跳ね、脇腹が酷く痛んだ。ろくに目を見張る間もなく、柔らかい雪の中へ背から落ちる。おかげで止まりはしたものの、今度は新しい雪に埋もれてしまった。

「ぐ……え」

息が苦しい。余程打ったのか、体が痛んで動けなかった。半分埋まった体に、どんどん雪が降り注いでくる。このままではあっという間に、姿が見えなくなると思われた。

(だが……何で今、こんな事に?)

多分、このままでは死ぬ。なのに七郎右衛門は性懲(しょうこ)りもなく、その訳を考え続けていた。

三章

殿三十二歳
七郎右衛門三十六歳

一

利忠公が、いよいよ藩の改革に動いた。

天保十三年、夏を迎えた四月のこと。同月二十七日に城内へ集まるよう、主立った藩士達へ通達があったのだ。

利忠公から直に、重大なお言葉がある。これまでとは何かが違うと、風のように噂が伝わっていった。

大野藩惣家中は六百三十人ほどだが、今回のような場合、城で利忠公の御前に並ぶのは、六十名くらいとなる。大野城一の大広間、白書院、大書院、使者ノ間は、襖を外し一続きにすると、七十畳近くの広さとなった。主立った家臣達は、そこへ顔を揃えるのだ。

かくも多くの者達が一堂に会することなど、滅多にあることではない。利忠公は、一体何をお話しになるのだろうかと、大野城下では、人が集えばその話になった。

利忠公自身についての噂もあった。大野藩は譜代で四万石だ。つまり公は幕府で重き役職、例えば老中にも就ける立場ゆえ、志を持たれたのではという話が出ていたのだ。すると、公のお考えを知るのは、今や家老中村重助のみだとの話が、噂にくっついてくる。公は、重助をたびたび城へ呼び、話を重ねているから、もはや重く扱われていることは、隠しようがなかった。

そのせいか最近、重助を褒め、持ち上げるように見せて、実は煙たがっているような噂が、幾つも藩内を流れていた。

そして。

二十七日の朝方、利忠公は大野城にある御居間へ、中村重助と内山七郎右衛門を呼んだ。拝謁したおり、両名でまず挨拶を申し上げたのだが、公は返答の代わりに、扇子の先でぱんと七郎右衛門の頭を叩いてきた。

「たわけ者。気をつけよと言っておいたのに。早々に銅山で死にかける奴があるか！」

真に公らしい、厳しい言葉が降ってきた。七郎右衛門はその言葉と軽い痛さが、生きている証のように思え、思わず目を潤ませた。

「ご心配をおかけし、申し訳ありません」

七郎右衛門は、急ぎ頭を下げる。

「寝付いたおり、殿より二百疋を頂きました。あれで医者代が出せました。感謝の言葉もございません」

まだ雪深い頃、七郎右衛門は山から転げ落ちた。そして銅山用掛頭取の勤めを、続けられなくなるほどの怪我を負ったのだ。

ここで重助が、いつもの落ち着いた声を向けてくる。

「とにかく面谷の雪の中から、掘り出して貰えて良かった。七郎右衛門殿は強運だな」

山から落ちる少し前、せんべいを配っていたので助かったとは、公の御前では言えなかった。受け取った者達が悲鳴を聞き、七郎右衛門の身を心配して探しに来てくれたのだ。そして雪の上に落ちた藍染めの手ぬぐいが、埋まっている場所を示した。

おかげで、総身を打ち、指の骨を折ったが、面谷から妻、みなの元へ帰ることが出来た。床上げをした後、今日が初めての登城であった。ここで公が、七郎右衛門の目を、覗き込んでくる。

「七郎右衛門は山で高熱を出し、寝付いていたとき、〝なぜなのだ？〟と繰り返していたそうだな。重助はお主が、誰ぞに突き落とされたのだろうと言っておる」

「なぜそれを……」

思わずそう口にし、それが真実だと明かしてしまった。公はにやりと笑うと、一つ言っておくべき事があると口にする。

「お主を襲った者の名は、まだ分からぬ。だが、その誰かを捜すのは、許さぬことにする」

寝込んだため、七郎右衛門が為すべき仕事が、溜まっている。罪人を捜している暇はないというのだ。確かに今から調べても、罪を示す証を、見つけられるとも思えなかった。

「しかし、何故突き落とされたのか、気にはなるだろう。訳はもう知れた。それは教えておいてやろう」

「何と！　大野城下におられる殿が、事情をご存じとは」

驚く七郎右衛門の前に、影のように公へ添っている近習の久保彦助が、一冊の書き付けを差し出した。

重助が、中を確かめるよう言ってきたので目を落とすと、書かれていたのは、本番役所が記した、面谷銅山の銅鉱産出量であった。取れた荒銅を改め、城下へ運ぶ役目は、あそこの役人達が受け持っている。

「はて、なぜこのような物を、ここに？」

だが、書き付けに並んでいる数字を見て、七郎右衛門はじきに言葉を失った。

「新鉱脈は見つかったばかり。なのにどうして、取れる銅の量が減っているのでしょう」

天保十一年、面谷銅山の産銅量は確か、今までで最高であったはずなのだ。

ところが。一時急増した後、銅鉱は取れる量をじりじりと減らしていた。とにかく書面には、そう記してある。

「そんなはずはございません。山師達から、銅鉱が取れなくなってきたという話など、聞いておりませぬ」

「やはり、その数字はおかしいようだな」

公が渋い顔で言う。更に魂消たことに、七郎右衛門が怪我をして面谷を去ると、銅の産出量は一気に落ちていた。何と、前年の六割しか取れていないことになっているのだ。

重助がため息を漏らした。

「ここまであからさまだと、分かりやすい。面谷で、銅の横流しが行われておるのだろう」

各地の鉱山でも、たまに聞く話だと、言葉を続ける。

「しかし前年産出量の、四割もの銅に手を出すとは。思い切った事をしてくれたものだ」

「四割の銅鉱……」

藩の屋台骨を支えている銅山から、大金のもと、銅が消えていたのだ。本番役所の役人が関わらずに、それだけ大量の銅鉱を動かせるはずがなかった。

いや今回は、役人の一人二人がやったことではなかろうと重助はいう。

「量が多すぎる。他の山役人達とも示し合わせねば、くすねた荒銅を、銅山から運び出すことなどできまいよ」

低い声が続いた。

「銅山の借金を減らしたい七郎右衛門がいると、横流しの量を増やすことが出来ぬ。それで山から突き落とし、追い払ったかな」

そういう事情だと、誰がやったのかはもう分からないだろう。重助がきっぱりと言い、七郎右衛門は無言で頷くことになった。

（大野は、大藩ではない。藩士の数は限られており、人の縁は濃い）

そんな中でことを為してゆくには、我慢も必要であった。

（わしが怪我をしたことは、黙っているしかないのだな）

だが。七郎右衛門は公の方を向いた。

「銅鉱の横流しは、止めねばなりません。面谷の件、すぐに手を打たねば」

「分かっておる。やれやれ、これから、やらねばならぬことが山とあるのに。また余分な件が加わったわ」

その言葉に、七郎右衛門は一寸首を傾げた。

（はて、殿の御用は、今日で一区切りがつくのではないのか？　改革の御決意を口にされ、面扶持を始めると告げる為に、多くの藩士達を城へ集めたと思っていたが）

そこに、彦助の柔らかい声が聞こえてきた。

「殿、そろそろ白書院に藩士一同が、集まっておりまする」

利忠公が頷かれたので、七郎右衛門は疑問を残したまま、御居間から退出する。出て行く時、重助が側で囁（ささや）いてきた。

「これから、殿のお覚悟が語られる。今日より殿が何をなされるか、七郎右衛門殿、しかと見ておきなさい」

利忠公は今より、藩主としての器量と意思を、大野の国へ示すのだ。廊下へ出たとき、七郎右衛門は総身がぞくりと震え、腹の内が熱くなってくるのを感じた。

（ああ、始まる。この時が来た）

大怪我を負い寝付いていたゆえ、七郎右衛門は重助にも会っておらず、今日、公が何を語るのか承知していない。ただ、たとえ騎馬軍団がおらず、鉄砲隊や足軽隊すらなくとも、大野の地で始まるのは、間違いなく〝戦(いくさ)〟、戦いの日々なのだ。

（わが殿は、その才を示されよう。そして殿は……怖い方でもあられる）

ひどく厳しい決断、面扶持が始まると聞き、藩士一同は魂消るに違いなかった。公は、面谷銅山での横流しの件や、家老二人の処遇についても、判断を口にするはずであった。

（国中が、ひっくり返るような日になる。我ら藩士は、腹をくって明日へと踏み出すのだ）

先頭を切って戦われる殿を、支えねばならなかった。覚悟を決めると、口を引き結び、七郎右衛門はそっと広間へ入る。すると。

（ああ、静かだ）

居並ぶ藩士達の端へ交じったとき、何よりも先にそう思った。白書院は静まりかえり、緊張に包まれていたのだ。目を上座の方へ向けると、集った藩士達の先頭には、筆頭家老田村又左衛門や中村重助、年寄、用人、目付など、重臣が並んでいる。

ただ勿論、田村左兵衛など、江戸詰めの者達はいない。そして、既に隠居をしている石川官左衛門が、何故だかこの座に加わっているのが分かった。

（殿の、御決意やいかに）

そんな中、五十畳の広間で、一斉に藩士達の頭が下がった。

利忠公が姿を見せ、静かに皆の前に座った。

二

城内での集いは、定石にのっとり、挨拶から始まった。

そして一通り、いつものやりとりが行われると、家老の重助が、今日は利忠公のお考えを伝える為、公のお言葉である直書（じきしょ）を、己が読むと告げる。ここで公ご自身からも、集った者達へ、短いお言葉があった。

しかしこの日、七郎右衛門は不思議なほど、白書院での細かいことが頭に入らなかった。覚えているのは、公のお側にて直書を読み上げてゆく、重助の声ばかりであった。

大声ではないが、遠い席にいる七郎右衛門にも、はっきりと聞こえた。頭の中がその声で満たされ、他のことが消えていくかのようだった。

「自分は幼年にして土井家を相続したが、一切不案内であった。思っている事もあったが、それをあれこれ言っては、却（かえ）って国政の害になると思い、何年も練達の者達に任せていた……」

家老をはじめとした者達が、これまで行ってきたことを、公は賞讃に値すべきことと褒めた。しかし藩は借金を重ねており、このままでは藩士や領民の暮らしも行き詰まる。自分は藩主として、三度の飯や身につけるものも切り詰め、家を相続してゆくと、お言葉は続いた。

「君主と臣下は一体だ。不正があり、役人や正直者が上手くいかぬのは、財政が行き詰まっているからだ」

（おや……これは？）

聞きつつ、七郎右衛門は膝の上で手を握りしめていた。耳にしているお言葉は、驚くようなものであると、段々気づいてきたのだ。

重助の声は続く。

「藩は今、家臣達からの借米（かりまい）や、禄の減給頼みで凌（しの）いでいる。ゆえに、皆を困窮させている。だが、その借金を返済する当てもないのだ。何とかしたい。よって君臣一体となり、お互い立ちゆくよう、苦慮を共にして欲しい」

殿は藩士達へ、それを願うと言っていた。決して、命じてなどいなかった。それから更に、大層謙虚なお言葉で告げる。

「遠慮をするな。直談（じきだん）したければ、申し出てくれ、話を聞く。いつでもいい」

利忠公は忠を求め、何分にも頼むと、己の臣へ語った。いや、お頼みになった。ここで筆頭家老の田村又左衛門が、耐えきれぬ様子で立ち上がり、席を退いていく。

「どうなされた」

「まだ話の途中であるのに」

声にならぬほどの小声が交わされ、広間がわずかにざわめく。一方七郎右衛門は、更なる驚きに包まれ、ただ上座を見つめていた。

（なんと。殿は臣下へ、頭を低くされて頼むと言われたのか。他に聞かぬことだ。本当にご立派なお言葉ではないか）

だが……正直にいえば、それはとんでもないほど、意外な言葉であった。

七郎右衛門は部屋の隅より、皆へそっと目を向けてみる。広間の内には、深く頷く者がいる。涙ぐむ姿も見た。とにかく、揃って感動に打ち震えているのは確かであった。

今日の殿の直書は、本当に柔らかく、心を包み込んでくるものだったからだ。

ただ。

（殿は、優しいだけのお方ではない。この広間にいる者の多くは、殿のお側近くに仕える、大小姓(おおごしょう)から勤めを始めたはずだ。だから皆、それくらい承知しているだろうに）

なのに公と重助は、直書の文を作るにあたり、どうしてこうも柔らかな言葉ばかりを選んだのだろうか。不思議さと、奇妙な不安が、七郎右衛門の中につのってゆく。

そして。結局公の直書は、そのままにして、そのまま最後まで、包み込むような優しさを変えなかった。

七郎右衛門の戸惑いをそのままにして、重助が語り終わる。白書院は暫(しばら)くの間、誰も動かず、静寂に包まれたままであった。

一寸の後。

「公のお言葉、余りにありがたい……」

誰の一言だったのだろうか、集った藩士の内から、感動に打ち震えたつぶやきが漏れたのだ。すると藩士一同は一斉に、深く頭を垂れた。七郎右衛門は利忠公の顔に、柔らかなほほえみを見た。

「この後、わしは早々に、江戸へ発たねばならぬ。政務は重助に頼んでおいた。よってだ」

家老だけでなく、奉行や目付、銅山方など諸役も、今読み上げた言葉をよくよく考え、行って欲しいと話した。

「皆ならば、わが意を叶えてくれると思う。頼りにしておるぞ」

利忠公自身が口にしたお言葉も、やはり懇願と言っていいほど優しい。

「ははっ、勿論でございます」

「お任せ下さいませ。殿の御為、必ずや成し遂げてみせまする」

諸役競って頷き、江戸へ発つ公に、心配が残らぬようにすると約束申し上げる。その言葉には力がこもり、七郎右衛門の横でも、すぐ前でも、目を赤くし、涙を浮かべている姿があった。身を乗り出している者も、何人かいた。

公が大いに頷き、重助は今読み上げた直書を畳み、彦助へ渡している。皆の感涙も乾かぬうちに、白書院の集いは終わっていった。

そして……七郎右衛門は大広間の隅で、一人呆然としていた。

(何と、魂消るほど綺麗な幕引きとなったぞ)

公が仕掛けた合戦の第一日目に、混乱も動揺も騒ぎもなかった。藩士達は、こみ上げてくる熱い思いでもあるのか、何人かでまとまり、話をしつつ広間を去っていく。彼らの言葉が城中に低く響き、まるでざわざわとした潮騒を耳にしているようであった。

〝更始(こうし)の令〟

利忠公が始めた改革は、古きを改め新しくことを始めるという意ゆえに、後にこう呼ばれた。耳に入ってくる話から、藩士一同、公のお言葉に感じ入ったことが分かる。慈悲深い言葉と、腰の低い態度を示された公に、心を揺さぶられた者は多くいたのだ。

(殿は今日、優しく、正しく、心潤う言葉しか言われなかった。そうだな、皆が力を合わせ忠義を尽くし、それで藩を支えられるなら、確かに良いわな)

七郎右衛門もようよう立ち上がり、遅れて広間を出てゆく。そして……人に見られぬよう、一瞬、大きく口元を歪めた。隆佐などに見つかったら、どうしてそんなに思い詰めた顔をするのか、真剣に尋ねてくる気がした。

(分からぬ。殿はどうして、ああいう話をされたのだ？　訳を知らねばならぬな。ああ、また臀(しり)が、もぞもぞするぞ)

帰り道、隆佐が目を輝かせ、弥五左衛門と話しているのを見たが、七郎右衛門は一人、一番後ろの方を、とぼとぼ歩いていった。

(こうなると、大怪我をして寝込み、最近殿や重助殿と、ほとんど話が出来なかったこ

とが悔やまれる)

藩士らへ優しく話すだけでは、借金は減らない。銅山の横流しも消えないだろう。公は、そのことを重々承知のはずなのだ。歴代の藩主達は、今までに何度も何度も、藩を改革しようと努め、借金を減らそうと手を尽くし……そして失敗してきている。

(なのに、わざわざ城の白書院へ藩士達を集めた日、ひどく優しい言葉だけを語った)

その訳は、何なのだろう。一番不思議だったのは、公が、面扶持の件を持ち出さなかったことだ。

(行わぬおつもりだろうか。そんなはずはない。わが殿は、何を企んでおられるのか)

歩きつつ、じっくり考えたかったが、城から屋敷までは本当に近いので、さっさと帰り着いてしまった。仕方なく庭の畑を耕し、人参や菜の手入れをしながら、更に夕刻まで考えたが、七郎右衛門には答えが見えない。

気持ちが落ち着かず、七郎右衛門は翌日、重助の屋敷を訪ねてみた。しかし公の参勤交代の時が目前に迫っており、忙しい家老は屋敷にいない。そして公が、いかに優しいことを言われようと、七郎右衛門の立場では、城へ押しかけることなど許されなかった。

(拙いな。訳を摑めぬ。何故だ?)

七郎右衛門が頭を抱えているうちに、利忠公は行列を引き連れ、大野から江戸へ発ってしまった。例年のこととはいえ、藩主が多くの藩士達と共に江戸へ向かうと、大野城下は少し寂しくなる。城へ藩士達が集った日の熱気も、時が経つにつれ、ゆるゆると収まっていった。

だが、しかし。城下が静まっても、七郎右衛門の頭の中は煮えていた。藩の財のことを取り扱う勝手方幹理として、城に勤め始めたが、算盤を入れながらでも、考えることは出来る。

（殿は何故、ああいう直書を出されたのだ？　何年にもわたり、改革の準備をされてきた。なのにどうして、優しきお言葉だけが、連なることになったんだ？）

繰り返し繰り返し、疑問が心の内で湧き立ってきて、己を落ち着かせてくれない。

（何かあるはずなのだ）

直書の持つ思惑を、摑み損ねている己の間抜けさが、許せなかった。

（ちくしょうっ、どうしてだ？）

すると。

藩士達の気が緩んだ頃、江戸から大野へ、利忠公の新たな直書が送られてきた。それから先のことは、七郎右衛門の考えを超えていた。

三

城へ上がって半刻ほど経った、巳の刻のことであった。七郎右衛門が勝手方で働いていると、その噂話は届いてきた。

同役が慌てた顔で、部屋へ入って来たと思ったら、急に仲間達がざわついたのだ。手を止め、何かあったのかと問うたところ、思いも掛けない答えが返ってきた。

「利忠公が、江戸より国元の御家老へ、書を送って来られたのだ」

まだ上屋敷へ着いて、間もない頃の筈であった。何か、国元へ伝え忘れたことでもあったのかと、部屋内の皆が顔を見合わせる。すると、話を伝えてきた者が、思わぬ言葉を付け足した。

「その書には、面扶持を要望する旨、書いてあったと聞き申した」

「は？　面扶持を行う、だと？」

「それは、本当なのか？」

「面扶持？　どうしてだ？」

勝手方では揃って、算盤を入れるどころではなくなってしまった。最初に噂を伝えた者の周りに、輪が出来る。

「面扶持の件、まず間違いないとのことだ。御家老達が集まる御列座の間での話を、隣の、伺候の間の者が耳にした」

その話が御役人部屋に伝わり、今、一気に城内へ広まっているという。ならば確かなことだろうと、悲鳴にも似た言葉が、勝手方のあちこちから上がった。面扶持とはいかなることを行うのか、噂を持ってきた者へ、詳しく聞こうとする者もいた。

七郎右衛門は一人、文机の前に座ったまま、やはり呆然としていた。ただ皆とは少々、驚く訳がずれてはいた。

（魂消た。どうして今、面扶持の話が出るのだろう）

なぜ公は江戸へ出た今になって、その話を出したのか。面扶持を行うことは、書で頼み済ませるような、軽い話だったのだろうか。

（いや、いやいやいや、違う！）

七郎右衛門は算盤を睨んだ。藩より頂く禄が、これから三年間、毎日食べる米だけになるのだ。藩士達の暮らしを、ひっくり返すようなことであった。

面扶持が重大事である証に、上役が部屋にいるにもかかわらず、勝手方勤めの者達は、仕事を放り出して話を続けている。正直なところ、取り繕ってはいたものの、七郎右衛門も仕事どころではなく、算盤を入れる手が止まっていた。

（何故、殿は江戸からの書で、面扶持を仰せつけられたのか。ああ、訳を知りたい）

一寸、家老部屋の方へ目を向けたが、他の藩士も出入りする部屋で、重助から詳しく話を聞ける訳もない。ならば噂でなく、御家老から直に話を聞いた者はいないかと、七郎右衛門は部屋の横手の廊下へ目を向けた。だが皆で噂をし、浮き足立っているというのに、何故だか廊下を急ぐ者の姿は目に入らない。

（おや？　誰も御家老のところへはいかないのか？　殿からの書は、御列座の間にあるのだろうに）

急ぎ殿のご意向を確かめたい者は、いるはずであった。面扶持の話が事実なら、御重役方に窮状を訴え、泣きつく者が出ても不思議ではない。

（なのに、驚きではないか。どうして誰も動かないのだ？　借金を抱えている者は、いないのか？　暮らしがひっくり返るのに）

だが……そこまで考えた時、七郎右衛門は目を見開いた。ゆるゆるとまた、誰もいない城の廊下へ目を向ける。

そして、そして。

（おおっ！　面扶持を告げるのが、今になった訳。それが、分かったぞ）

思いついた。納得がいった。するともう我慢ならず、七郎右衛門は算盤から手を離した。そして何食わぬ顔で、浮き足だっている勝手方の者達を見てから、上役と向き合った。

「皆、気になることがあるようです。無理に続けて算盤を入れ間違えては、大事になると思いますが」

「確かに、な。今日はここまでとしよう」

仕事の終わりが告げられると、部屋内の皆は一旦上役へ頭を下げてから、直ぐにまた話を始めた。上役までもが加わり、面扶持の噂話は延々と続いてゆく。七郎右衛門はそっと部屋から出て、早々に城からも退出した。口元に、笑みが浮かんできた。

（殿、面扶持を行うという話が、今になった訳を、ようよう思いつきました）

歩みと共に、目の前の霧が晴れてゆく。食べる分の米のみを支給するという面扶持は、どう考えても、藩士達が喜ぶはずのないことであった。下手をすれば、重助以外の重鎮達に、揃って否(いな)と言われかねない。藩主とはいえ、公が望めば何でも叶う、というわけではないのだ。

それを強引にでもやり遂げるため、利忠公がどういう手を打ったのか。七郎右衛門は今、納得がいっていた。

（ああ、殿の攻め方は、有無を言わさぬ鋭い手であった）

近くにある屋敷へ帰りついた頃には、ことの大方を、きちんと頭に描けていた。すっきりした顔で帰宅を告げ、玄関で草履(ぞうり)を脱いでいたら、何故だか急に首が苦しくなった。太い手が後ろから巻き付いて、首を絞めてきたのだ。力を込めて手を払い、思わず背後へしかめ面を向ける。

「こら隆佐。いい年をして、ふざけるでない」

すると、藩内でもその才を知られた弟は、玄関で堂々と言ってくる。

「兄者、こんなこと、ふざけてするものか。思い切り腹が立っておる。だから介輔に止められる前に、やったのだ」

呆れて弟のどんぐり眼(まなこ)を見ると、睨み返してきた。

「兄者、兄者は殿が面扶持を行うこと、承知していたのではないか？　それをわしに、黙っていただろう」

「おっ、お主、もう、面扶持の噂を摑んでいるのか。恐ろしく早いな」

多分藩内の誰かが、噂の真相を求め、隆佐の屋敷へ飛んでいったに違いない。答えろと言って弟に睨まれ、隠しても無駄だと思い、隆佐の考えは当たっていると告げる。ただ。

「知っての通り、わしはここ暫く寝込んでおった。よって面扶持の件、詳しいことは承知しておらん。殿が、先日の直書には書かれなかったので、止められるかもと思っておった」

弟が、顔に戸惑いを浮かべた。

「殿は、白書院に皆を集めるかなり前から、面扶持をやると言われていたのか？　ならどうしてあの日、話をされなかったのだ？　江戸へ行かれた後になって、なぜ……」

弟も、己と同じように狼狽えたので、七郎右衛門はにやりと笑い、とにかく屋敷内へ入れと促した。公や面扶持の件について、玄関先で口に出来るものではなかった。

急ぎ着替えをする間に、介輔が話を聞きつけ、己も聞きたいと言って座に交じってくる。妻のみなが茶を出し部屋から消えると、奥の一間で男三人が、むさ苦しくも顔を突き合わせて語り出した。

七郎右衛門の声は、自然に小さくなる。

「面扶持が決まったという話だが。そう、我らが殿は藩の借金を返すため、思い切った手を打とうとしておられた。面扶持を行うことも、かなり前に決まっていた」

面谷銅山で新鉱脈が見つかる前には、七郎右衛門もそのことを承知していたと言うと、弟二人は目を見開いた。

「兄者は殿に、信頼されているのだな」

介輔が嬉しげな顔をする。その割には、公からよく、扇子で叩かれると思ったが、弟の前ゆえ言わなかった。

「それで、面扶持の知らせが、なぜ殿が江戸へ行かれた後になったのか、だが」

七郎右衛門はここで、まず弟に問うた。

「隆佐、殿の直書を思い出してくれ。白書院で御家老が読んだのは、それは心に響くものを連ねた、優しいお言葉であったよな」

隆佐が深く頷く。七郎右衛門は末の弟に、隆佐などは弥五左衛門と共に、目を輝かせて聞いていたのだと話した。

「兄者、皆、そうだったではないか」

「うん、その通りだ。藩士一同は皆、殿の優しいお言葉に感涙していた」

そして殿のお言葉に従うと……つまり改革について行くと、揃って白書院で誓ったのだ。

「殿はその後、江戸へ向かわれた。大野を離れたが、藩主として、勿論藩士達の言葉を、今も信じておられるだろう。よって改革を成すため、書にて面扶持をするよう申しつけられたのだ」

「あの……」

「とにかく表向き、そういう話ができあがっている、ということだ」

七郎右衛門がそう言葉を締めくくると、弟二人の顔が、一寸ぽかんとしたものになった。そのうち隆佐が困った顔になり、大きく息を吐き出すと、首を振った。

「そういうことか。確かに、まさか殿が江戸へ向かわれた途端、藩士一同、白書院で誓った言葉を翻す訳にもいくまい」

城へ集まった日、公が面扶持のことを話していれば、藩士らが帰りの道で不平不満をつぶやいても、ただの愚痴だったろう。それでは暮らしが成り立たぬと、上役に泣きつく者とて、出たかもしれない。重臣の誰かが殿を諌めたとしても、驚くことではなかった。

ところが、だ。今になって面扶持への文句を口にしてしまうと、それは藩主との約束を違える、臣下の裏切りに化けてしまうのだ。下手をすれば、藩への叛心と言われかねない一大事であった。

「なるほど」

若い末っ子も納得し、顔を顰める。

「こんなことで裏切り者になってしまったら、本気で危ないですよね。お役も禄も……いや、藩士の立場すら、失いかねません」

武士の忠義や忠誠というものには、不思議な側面がある。一見、大したことのない出来事が、時として大騒ぎに化けてしまうのだ。

　七郎右衛門は話している間に、妙な気持ちに囚われてきた。面扶持が決まれば、内山家も、大いに暮らしが厳しくなると分かっている。なのにじき、口元が震えてきた。そのうち我慢できなくなり、思い切り笑った。

「ははっ、これでは誰も文句など言えぬわ。面扶持は、行うことになる。いやわが殿は、見事な力業（ちからわざ）を使われたものだ」

　やはり殿は、信長公に似ておいでだと思った。怖い。逃げ道を残さず、藩士達がゆく道を、一本しか示さないところが怖い。そう言うと笑いが止まらず、涙までこぼれてきた。

　介輔が七郎右衛門の背を平手で打って、何とか止めてくれる。その様子を、隆佐が口をへの字にして隣から見ていた。

「今回は、我ら藩士の敗戦という訳か」

　酒や本が遠のくと言い、弟の口からため息が漏れた。

　そして案の定、面扶持の件に、正面切って否と言う藩士はいなかった。気がつけば大野の藩士達は三年間、食い扶持の米だけを頼りに、生きてゆくことに決まったのだ。

　七郎右衛門は、口に出来なかった分、藩士たちの腹の底にたまる不満は、どろどろしたものになるのではと、ふと不安に感じた。しかしだ。

（殿は江戸におわすし。まさか江戸まで行って、藩主に不満をぶつける者はおるまいよ）

国に帰られるのは一年後。そのくらい経てば、きっと面扶持にも慣れてくる。段々、厳しい日々が終わる時期も近づく。何事もそうだが、時が救ってくれるはずなのだ。

そして、こうと決まったからには、禄高八十石、家族を抱えた七郎右衛門には、考えねばならぬことがあった。

「やれやれ。とにかくわが家も急ぎ、先の事を算段せねば」

辰年(たつどし)までの三ヶ年、内山家は米のみの支給で、何とか食いつなげるのだろうか。手持ちの金は、何としても必要なものだけに使わねばならないから、隆佐、介輔らと一緒に屋敷の台所へ集まり、頭を悩ませる。ここはおなごの考えも聞かねばと、みなと、隆佐の妻偉志子も呼んでいた。

財布を並べ、中身を見たが、どう考えても両家の三年分には足りない。ため息が幾つも漏れた。

「さて、生きてゆくのに、何が必ず要るかな」

「お前様、大根の漬け物と味噌は、是非作らねば。冬が越せません」

いつもは大人しいみなが、真っ先に言う。冬の間食べてゆくのに、その二つはどうしても必要だと、偉志子も言い、男達が頷いた。

「そうだな、味噌を樽で作れば、醤油代わりのたまりも取れるし」

つまりは大豆が要る。塩も必要であった。大野は雪深く、冬は庭の畑作が無理だから、大根を味噌蔵の穴に蓄え、葉も干して、そなえておかねばならない。

「病を得ず、贅沢をしなくとも、どうしても銭は欠かせないな。つまり、足りない」

七郎右衛門は並んだ財布を睨んだ。

「お前様、手持ちのお金が尽きたら、家財を売ってゆくしかありませんね」

もっとも、売れるような家財も少ない。

「着物は三年、新しいものは作れぬな。しかし、隆佐のところの慎太郎は大きくなる。仕立て直して着せるのに、古着をうちからも回そう」

「古着のことは助かる。兄者、松浦家の赤子半次は、大丈夫か？」

着物については、おなご達に任せることにした。妻二人は、時を作って糸繰りをし、何とかお金にしようと話している。

一方、男三人は庭の畑を広げ、漬け物用の野菜も、なるべく自前で作ることにした。

七郎右衛門がここで、ふと思いつく。

「そうだ、知り合いの商人、塩屋へ声を掛けてみよう」

「何だ兄者。塩の値を負けてもらうのか？」

「いや、そのな、塩屋は他国の店と、結構縁があるのだ」

大野の国には、離れた飛び地にしか海がない。よって塩は、他国より買い入れるものであった。

「だからかな、確か上方の書物問屋とも、顔見知りのはずだ」

ならば塩屋へ頼んで、書を写す仕事を得られぬものかと、七郎右衛門は考えたのだ。

「そういう内職ならば、雪に降り籠められても、屋敷の内で出来る」

学問好きである殿のお側で、必死に学んできたことが生かせる訳だ。途端、弟達の顔が輝いた。

「おおっ。兄者、やる。やります。兵学や医学、辞書など、写せば良き値になる本は多いはずだ。助かった」

「おい隆佐。今回ばかりは、飲み代に使ってしまっては駄目だぞ。三年間を乗りきるために、金は必要なのだ」

「わ、分かっておるわ。頑張って写す」

今あちこちの藩で、藩校が作られていた。そのためか、学問所で必要な書物は高値で売れていると、本に詳しい隆佐が口にした。

手習所で使ったり貸本屋で貸すため、木版で多くを刷る本以外は、書き写すしかないから、一冊の値が高くなる。買うには困るが、写す仕事をするときは助かった。

「これで何とかやっていけそうだ」

弟達は、さっそく金勘定をしている。七郎右衛門は笑ったあと、ふと唇を引き結び、台所へ目を向けた。

「これでも内山家は、余裕のある方なのだろうな。兄弟で、力を合わせていけるのだ」

きっとどこの屋敷でも、今、大いに困っているはずであった。しかし、この苦しさを乗り越え、藩の金蔵を立て直さねば、大野藩に明日はない。

「殿は自らも、面扶持をされると言われていた。江戸で、いかがお過ごしであろうか」

「大丈夫だ。兄者、殿の周りには江戸詰めの者達がついているのだから」

「隆佐、それはそうだが……。ああ、御家老のことも気になるぞ」

城に上がった日以来、重助の姿を見かけていなかった。しかし隆佐が、口を歪める。

「兄者、御家老は大根と内職を支えに、家の者を養おうとする兄上より、余程心配のない毎日を送られているはずだ。笑われるぞ」

言われてみれば、その通りであった。七郎右衛門は苦笑を浮かべると、どういう本を写せば利が出るか、弟達と話し合いを始めた。

四

それから暫く経った、ある日の昼過ぎのこと。七郎右衛門が表から帰ると、随分背の高くなった介輔が、部屋で隆佐を背後から羽交い締めにし、動けなくしていた。

「おう隆佐。わしはこれから昼餉(ひるげ)だが、まだなら一緒に食べるか?」

すると、動けない隆佐に睨まれたので、介輔と喧嘩をしていたのではなく、また七郎右衛門を怒りに、屋敷へ来たのだと分かる。さっさと着替えをしつつ、問うた。

「で、隆佐。今日は何に怒っておるのだ?」

弟が口にしたのは城下の噂で、いつもながら、驚くほどの早耳であった。

「兄者、信じられん話を聞いたのだ。何と、筆頭家老の田村又左衛門殿が、お役を退かれるようだ」

「おお」

「それだけではない。江戸家老の田村左兵衛殿までが、家老職を辞めるという」

つまり。

「名門の本家と分家、両方の田村家当主が、一度に重臣の列から抜けるのだ。こんな例は聞かぬ。田村家の側から、望んだことではなかろう」

御家老方は面扶持に反対でもして、利忠公と対立したのだろうか。隆佐は眉間に皺を寄せている。

（やはり殿は決断なさったのか）

心の内でつぶやいた。七郎右衛門がしばし黙っていると、頭の良い弟が半眼を向けてくる。

「御家老方のことだが。兄者はこのことも、承知していたのではないか？」

やたらと鋭い弟を持つと、兄は大変だと身に染みる。返事が遅れたところ、隆佐は介輔に摑まれたまま、目を更につり上げた。

「やはり知っていたか。でなければ兄者のことだ。ことの次第を、わしに聞いてくるはずだ」

声が怒りを帯びた。

「何故わしにまで、あれこれ秘密にするのだ？　面白くないぞ。黙っていて、何かよいことでもあるのか？」

隆佐が兄に対して秘密を抱えたら、七郎右衛門は怒るだろうと問うので、正直に頷いた。ただ。

「それでもわしは、知ったことの全てを、隆佐には言えぬ。たとえば家老職が関わった、今回のような話は駄目だ」

済まぬ、とも言わずそう言い切ると、弟の顔が物騒なものに変わった。長火鉢の横へ座ると、介輔がその訳を問うてきたので、七郎右衛門は隆佐の目を見つめる。

「わしは先に面谷銅山で、一度怪我をし、一度死にかけておる。山で背を押されたのだ」

「えっ、あれは、そういうことだったのか」

そして今、七郎右衛門に万一のことがあったら、介輔が内山家の跡を継ぎ、隆佐に後見を頼むことになる。

「田村家の御家老二人が、職を辞すことになった。一方重助殿は、家老職に残る。誰が田村家の当主達を辞めさせたのかと、噂になりそうだな」

重助は大野一の名家と、対立することになるかもしれない。そして七郎右衛門は、重助との関わりが深い。その対立に、間違いなく巻き込まれるだろう。

「今までにも、似たことを言ったことがある。隆佐まで、争いに巻き込まれては困るのだ。お前は、無事でいてくれなくては」

「うっ……」

隆佐が体から力を抜くと、介輔が手を放し、義姉上に昼餉を三人分頼んでくると言って、部屋から出て行った。その後ろ姿へ目を向けつつ、七郎右衛門には気に掛かることがあった。

（江戸の殿は、家老職を辞めるよう、左兵衛殿にご自分で話をされたのだろうか）

考えても、分かるはずもないことだった。左兵衛がいかに返答したかもまた、この先、七郎右衛門が知ることはない。

（殿が……心を痛められねばよいが）

黙っていると、横で隆佐があぐらをかき、珍しくもため息をつく。

「面扶持と御家老の交代。殿は続けて、大きな決断をされたな。しかし兄者、こういうことが続いては、どうにも気が休まらぬ」

日々の暮らしと政（まつりごと）、両方が大揺れになり、藩内は今、酷く落ち着かないのだ。

「今は酒を山と飲んで、憂さを晴らす余裕もないのに」

隆佐の言葉に頷いていると、介輔が昼餉の蕎麦を持って来た。

「おっ、海苔（のり）入りか。美味そうだな」

七郎右衛門は渋い顔の弟に、今日この後、例の塩屋が来ることを告げる。

「写したら買い取ってもよいという本を、持って来てくれるとのことだ」

「おお、早いな。ならば待っていよう」

すると、蕎麦が腹の内へ消えた頃、兄弟揃って目を見張ることとなった。

「大変です。内山様、七郎右衛門様、大事が起きました」

件の塩屋はそう言いつつ、内山家の屋敷へ駆け込んできたのだ。兄弟が並んでいるのを見ると、塩屋は名前の方を呼び始めた。

「おや、どうしたのだ？　塩屋、写本の仕事は、余り無かったのかな？」

七郎右衛門が眉尻を下げて聞くと、塩屋は首を横に振り、背負っていた風呂敷包みを下ろして、縁側に本を何冊も並べた。

「おお、仕事は当分ありそうですね」

介輔は笑みを浮かべたが、塩屋は興奮した様子のままだ。そして縁側に座り声を潜めると、耳にした噂話を語り出す。

「聞いて下さい。大野の町じゃ今日、お侍様達の噂話が、山と流れてるんですよ」

七郎右衛門は眉間に皺を刻んだ。

「御家老様のことであれば、もう耳にしたが」

「御家老様？　ああ、その話もありましたね」

「その話も、とは何だ？」

他にも、噂になっている者がいるのだろうか。急ぎ問うと、塩屋は、早耳でしょうと少々得意げに、とんでもない話を始めた。

「〝不首尾の御役人、おびただし〟って、町の物知り達が話してるんですよ。いつにないほど、たっくさんのお役人が、お役を辞したって聞いたんですよぅ」

「たっくさんのお役人が、しくじっただと？」

　隠居が決まった者も、多くいるようだと言われ、七郎右衛門達は目を見張った。

「今、大野城下では、陰で噂がこっそり囁かれてます。でも明日になりゃ、湯屋でもその噂で持ちきりですよ」

　何でこんなに、しくじった役人が数多出たのか、知り合い達は訳を知りたがっていると、塩屋は続けた。

　四万石の城下では、江戸などの大きな町に比べ、町人と武家の暮らしが近い。家の近さだけでなく、暮らしや商いでの縁も深いから、他人事と放ってはおけないのだ。

「こちらへ本を届けるついでに、何か話を聞いていかなきゃ、知り合い達が承知しませんや。内山家のご兄弟方、何か事情をご存じじゃないですか？」

「おいおい、今、初めて聞いた話なんだぞ。事情を聞きたいのは、こっちだ」

　塩屋の袖を摑み、誰がどうなったのかと聞いたが、塩屋も、しくじった者の名前までは、知らない様子であった。

「ただ、田村家の御家老様お二人は、既にお役を離れたってことです」

　噂の確かさに、七郎右衛門は驚いた。

（ならば他の噂も、ただの憶測ではないな。本当に起きていることなのだ）

　その上、年寄、用人、奉行に目付という重臣にも、役を辞したり隠居した者が出たはずだと、塩屋は淡々という。

「もっと軽い身分の藩士方だと、次々とお役から離れてるらしいです」

七郎右衛門は拳を握りしめた。

（殿は、藩士達を軽々しく処分される方ではない）

つまり多くの不首尾の役人は、その行状をきちんと調べられているわけだ。しかも、七郎右衛門すら知らなかったということは、余所へ漏れぬよう、慎重に探っていたのだ。あるいはこちらは遠い面谷銅山にいたから、聞こえなかったのかもしれないが、公と重助は、随分と大変だったに違いない。

（改革を始めるまでに、かなり時が必要だったのは、このためだったのか。殿は半端なやり方をされるおつもりなど、なかったのだ）

七郎右衛門は怖い噂について、更に塩屋へ問うた。だが、聞かれるばかりで新しい話が聞けないと知った商人は、写本は急ぎ仕上げて欲しいと言い残し、早々に退散してしまった。

「驚いた。大変だ、兄者。誰が〝不首尾〟となったのか、急ぎ確かめねばならないぞ」

下手をすれば、知り合いが引っかかっているやもしれない。隆佐はそう言うと、写本を抱え、屋敷から走り出ていった。介輔までが表へ飛び出すと、七郎右衛門も落ち着かなくなり、事情を聞きに町へと出る。

すると、顔見知りの大店などで耳にしたのは、本当に多くの役人の名であった。知り合いの名も随分聞くことになって、大野の城下を貫く真っ直ぐな道の途中で、立ち尽くしてしまう。

(何てことだ。大小姓をしていた時、世話になった御仁が、隠居となったのか)

(勝手方の身内が、職を辞したようだ)

(面谷銅山勤めの者の多くが、困ったことになっているだと? そうだな、あそこは銅鉱の横流しがあったゆえ、お叱りなしとはいくまい)

冷や汗が出るほど、本当に多くの〝しくじり〟をした者の名が耳に入ってくる。七郎右衛門は、何か手を貸すことがないか、聞きに行きたいと思ったものの、余りにも人数が多かった。誰のところへ顔を出せばいいものか、すぐには見当もつかなかったのだ。

(こんな時、一番大変なのは誰であろう)

顔を見せればほっとし、身内でもない七郎右衛門の微力でも、喜んでもらえる誰か。そういう御仁のところへ、真っ先にゆくべきだと思う。

だが、足を向ける先が分からず、小さな稲荷の脇で、しばし立ちすくんだ。すると、道を行く者達が小声で、〝不首尾の御役人、おびただし〟について話をしているのが、耳に届いてくる。

「うちの出入り先のお役人が、お役御免に」

「なぜ己が責を問われるのかと、怒っておいでの方がいるとか」

「殿様も、大変だよねぇ。こんなにいっぱい、一度にお叱りになるんだから」

今まで、お武家方は何をやってたんだと、笑い声も耳に届く。途端、七郎右衛門は顔を上げ、空へ目を向けた。

（あっ、そうか）

思い至った。行かねばならない先が分かった。

（そうなのだ。誰より大変な御仁がいた）

七郎右衛門は、城下の真っ直ぐな道を歩き出す。一心に先へ進んでゆくと、そのうち、目当ての屋敷の塀が見えてきた。

そこに、白いものが貼られているのが分かった。


「おう、七郎右衛門殿。久方ぶりだな。忙しゅうて、なかなか会えなんだ」

屋敷へ顔を出すと、家老の重助は在宅で、会うことが叶った。少し見ない間に、髪に白いものが混じったと言うと、十一しか離れていないのに、年寄り扱いするなと、重助は返してきて笑う。

しかしこの答えに、七郎右衛門は目を見開いてしまった。

「なんと。御家老はそれがしより、十一、年上なだけでしたか。もっとお歳をめしておいでかと、思っておりました」

「言ってくれるわ。しかし、そういう気軽なことを口にする者は、急に減ったな」

ことに、役人の処遇が取りざたされてからは、見事にいなくなった。重助は、さらりと口にしたが、七郎右衛門は拳を握りしめる。それから、訪ねてきた訳を口にした。

「改革を断行された殿が、今、大野におられません。そして殿は、御家老に政務を託していかれると、白書院で藩士達に言い置かれて、江戸へ向かわれました」

その後、藩士達には面扶持が言いつけられたわけだ。その上さらに、〝不首尾の御役人、おびただし〟という事態になっている。

「大野藩の藩士は、大藩のように数多くはありません。親戚や同役なども含めれば、多くが繋がっております」

つまり藩中の大勢が今、不満を抱えているのだ。その矛先を向ける相手は、大野に姿がない上、忠誠を誓ったばかりの利忠公ではない。そんな気持ちを持ったら、己は嘘つきの不忠者になってしまう。だから。

「不満も怒りも、御家老に向かっている。そうなのではありませんか?」

それで七郎右衛門は、重助のところへ真っ先に来たのだ。

何が出来るのか思いつかなかったが、挨拶をするだけでもいいから、会いたいと思った。そう言うと、重助が小さく頷いた。

「そうか。うん、恨まれているかもしれんな。だが、わしはやるべきことをやっておる」

公と共に何年もかかって、進めている改革だ。ここで噂に怖じけづくわけにはいかぬと、重助は落ち着いた口調でいう。

七郎右衛門はこの時、屋敷の塀から剥がしてきた紙を見せた。重助への不満を、胃の腑が痛くなるような落書にしてある。塀へ直に書くより早いと思ったのか、あらかじめ書いた紙を、糊で貼り付けてあった。

「こういうものが、今までにも塀などに、貼ってあったのではないですか？」

誰ぞに、斬りつけられた訳ではない。しかし悪意というものは、噂一つであっても身に応えると、かつて三万両を背負い、噂に晒された七郎右衛門は知っていた。だから。

真っ直ぐに重助を見て、頼んでみる。

「御家老、内山家へ時々おいで下さい。仕事のことから離れた話をするために」

七郎右衛門がこちらへ来ればいいのだが、重助は忙しく、滅多に会えない。

「ですから御家老が暇を作れた時に、いつでも構わず、当家へおいで下さい。一国の家老ともなれば、家人に話せないことも、多いに違いないですから」

語れないことが増えると、人は疲れてしまうのだ。そして利忠公には、たわいもない話の相手になれる、久保彦助がいる。

「内山家は狭いです。それに面扶持となりましたから、手元不如意で……その、菓子や酒などは置いてありませぬが」

しかし重助の屋敷とは、六軒しか離れていない。

「それがしは今回の改革のことを、前々から承知しております。殿のことも、一緒に話ができます。あの、いかがでしょうか」

よほど真剣な顔になっていたらしく、重助はその内、笑い出してしまった。七郎右衛門は顔が赤くなってくるのを感じ、身を固くしてしまう。すると、ほっと息をついてから重助は言ってきた。

「ならばそのうち、内山家へ寄らせて貰おう」

その眼差しが、柔らかい。

「いや日を決めて、月に何度か行くとしよう。そうすればその日は、他の仕事を入れずに済む」

重助は続けた。

「は、はいっ」

すぐに承知したということは、相当疲れているなと察し、七郎右衛門は早々に来訪の日を決めた。中村家の塀を時々見回って、落書を剝がしておくことも思いつく。

(御家老が背負っておいでのものは、泣きたくなるほど重いものだ)

家老職とは縁のない、八十石取りで助かった。七郎右衛門は思わずそんなことを考えてしまい、情けなさにそっと己を笑った。

五

天保十四年、利忠公は驚くほど早くに帰国した。なんと例年より四月も早い三月に、大野へ戻ったのだ。

そして公は、更に改革を進め、不首尾の役人の数を増やした。すると七郎右衛門の屋敷は、次々と客を迎えることになった。

まずは面谷の山役人である伊藤万右エ門が、銅山から戻ると、顔を見せてきた。雪山から転げ落ちた日を思い出し、七郎右衛門は、客間でしかめ面を浮かべることになった。

(万右エ門殿が、わしを突き落としたとは思わぬ。しかし、誰がやったのかを知っていて、黙っているかもしれんとは思う)

それでも白湯を出し、七郎右衛門は話を聞いた。するといきなり御家老への取りなしを頼まれ、屋敷へ来た事情を知った。

「面谷銅山の山役人達も、〝不首尾の御役人〟の内に入っていた。お主もその一人だったのだな」

多くが役職を失っている時だ。目立つ悪行を為した山役人達は、揃って藩から叱責の書を受け、お役御免となったらしい。七郎右衛門は、万右エ門を見据えた。

「聞いたぞ。面谷銅山の出銅量が急に、以前の六割に減ったそうだな。横流しをしたのだろう？　坑道に調べが入れば、鉱脈が枯れたのでないことは、すぐ明白になるのに」

それでは、叱責を受けるのも仕方がなかろう。七郎右衛門から冷たく言われ、万右エ門が身を小さくして、ぼそぼそ言う。

「山では、山師達までもが藩から、不行き届きゆえ山を去れと言われておる。あんなに大勢が、一時に移れる鉱山などない。皆、食うに困ることになる」

「おや、山師達もお叱りを受けたのか」

というふことは、荒銅の横流しに関わっていた山師がおり、それを公は知ったのだ。大事になってしまったと、万右エ門は頭を下げ、身を震わせている。

七郎右衛門はここで、一つ首を傾げた。

(しかし、だ。殿が山師達へ、山から出ろといわれるとは思わなんだ。山師がいなくなっては、せっかく見つかった新鉱脈から、銅が掘り出せなくなってしまうぞ)

公がそんな事態を、望んでおられるだろうか。答えは、否だ。

(ならば殿は、どういうお心づもりで、山役人と山師達を叱ったのかな)

万右エ門は、七郎右衛門と縁があり、公はそのことを承知されている。ならばこの身にも、何か役目があるのかと考え込んでいると、万右エ門は、書にて正式に叱責され、切羽詰まっていると言い出した。

「我らを哀れに思ってくれ。それでなくとも面扶持が決まり、山役人一同、困っておったのだ。なあ、御家老に取りなしを頼み、このお叱りの書き付けを消し去ってくれ」

「御家老は、そういう口利きはお嫌いだ」

実際に聞いたことはないが、重助は嫌いに違いないので、そういうことにしておいた。

(だが、わしにも役目があるとすると……ここで動くべきではないかな)

ふと思いつき、受け取った叱責の書き付けを見せるよう、万右エ門へ言ってみる。するとその文中に、改心した者は申し出よとあった。七郎右衛門は大いに頷き、目の前の万右エ門へ、では改心しろと迫った。

「は？　いやその……改心ならば、とっくにしておる。申し訳なかったと、上役には申し上げた。しかし未だ、許して頂けない」

こんな大事になるのなら、無茶はしなかったと馬鹿を言い始めたので、七郎右衛門は畳を一つ打って、その音で黙らせた。それから急ぎ文机を、部屋に運んでくる。

「万右エ門殿、本当に改心したのだな？　冗談であったとは言わせぬぞ」

「ほ、本当だとも。もの凄く真面目に改心しておる」

「真面目な改心？　何なのだ、それは」

また呆れたものの、七郎右衛門は元の仲間達のために、反省をつづった文を書き始めた。中身は己で勝手に考え、受け取る側の心に響く言葉を書き並べていった。

自分を山から突き落とした者達のために、馬鹿なことをしていると、己に呆れてもいた。

（だが、山師達を放っておく訳にもいかんし）

万右エ門が目を丸くして、横からその文を見つめてきた。

「これはかたじけない。そうだな、面谷の村で謝っただけでは、他へ伝わらぬよな。そう、文を出すべきであった」

「後で己の字に書き直し、他の山役人方と連名にして、上役へ差し出しておくといい」

「分かった。うん、このやり方は、上手くいくに違いない」

万右エ門は嬉しげな顔で承知する。文中に、山師達へのお許しも願うと書き添えると、深く頷いてもいた。

しかし。家格を下げてもらっても構わない。金は一切要らぬので、お役は続けさせて頂きたいと書いたところ、万右エ門の顔つきが、失敗した福笑いのおかめみたいに変わった。

「止めてくれ。それは困る。一文無しになっては、やっていけん」

泣き言と共に止めてきたので、今度は筆で万右エ門の手を打ち、黙らせる。

「お役へ戻ることが出来れば、いつか、ただ働きは終わるだろう。出世して、立場が戻ることもあろう。肝心なのは、無役にならぬことだ。日々の勤めを失わぬことではないか」

今回の改革で、多くの藩士達が役から退いたことを知らぬのかと問うと、万右エ門はうなだれる。書いた文が出来上がると、七郎右衛門から渋々受け取った。

「文は変えるなよ。そして早く出すことだ。山師達も心配していようから」

「分かった」

万右エ門は屋敷を辞す時、もう一度深く、七郎右衛門へ頭を下げた。

その文は、結局山役人達六名の連名で出されたようで、皆以前より、格下の役目へ替わることで処分が決した。山師達も、面谷銅山で働き続ける事が叶った。しかしこちらは、藩から十九箇条の申し渡しを突きつけられ、もう馬鹿はしないと誓ったと聞いた。

「やれやれ、やっと一息ついたか」

後は面扶持が終わるまでの三年間、己はつましく過ごすのみだと思う。だが、藩士達への改革が突き進む中、更なる驚きが七郎右衛門を待っていた。

不首尾の者達の、身の振り方が聞こえてくる中、藩内の学ぶ場を新しくするという噂が、七郎右衛門の耳に入ってきたのだ。それは、新たに金を使うという話でもあった。

（殿がお手元金でも出すのか？　しかし、たとえ少額であっても、ここで新たに金を使うのは拙い気がするが）

呆然としたものの、公がやると決めたのなら、止めようもない。酒でも飲んで、気持ちを抑えたかったが、買う銭がなかった。

（ああ、面扶持とはこういうことなのか。今の大野藩士は面谷の山師よりも、金がないな）

するとまた屋敷へ客があり、酒どころではなくなる。玄関に、養子に出した弟がいた。

「鷹五郎、久方ぶりだな。上がれ。松浦家のお義父上、左次馬殿はご健勝か。半次はどうしている？」

途端、鷹五郎が身を震わせ、松浦家の大事を告げてきたものだから、魂消た。なんと、面谷の銅山奉行であった左次馬は、相役の小泉佐左衛門と共に、面谷から城下へ、突然呼び戻されたというのだ。

「義父上はお役御免、その上、松浦家の家格を下げると、お達しがありました」

改革の叱責は、七郎右衛門の身内であっても、容赦がなかったようだ。一方小泉は、隠居と決まったらしい。

「鷹五郎はまだ若い。こういう時、どうしたらよいのか分からぬだろう」

七郎右衛門は口を引き結ぶと、弟のために松浦家へ走った。そして左次馬へ、同じ山役人の万右エ門達が、既に事を切り抜けたと伝え、そのやり方を勧めたのだ。謝っても、お咎めなしとはいかないだろうが、松浦家へもいずれ、良き日が巡って来るはずであった。

「分かった。何とかなった者がいると聞くと、ほっとするな」

左次馬は心底困っていたらしく、礼を言うと、己で反省の文を書いていく。今回は楽に終わったと思っていたら、左次馬は筆を進めながら、一つ不安があると口にした。

「噂に聞いたのだが、隠居と決まった小泉殿が、周りへ随分と不満を訴えているとか」

同じ銅山奉行だった左次馬と小泉の処遇に違いがあったのは、小泉が高齢であったからだろう。とにかく、一旦隠居してしまった小泉は、もうお役へは戻れない。

「ただ倅の直之助殿は、お役に就いておる。小泉家は困らぬはずだ。何を怒っておるのか」

長く馴染んだ面谷では、皆、小泉が癇症なのを承知して、気を遣っていた。

「今度のことでは誰も気遣ってくれないので、小泉殿、腹を立てたのだろうか。大丈夫かのぉ。ご老人、最近ますます、癇癪が酷くなってきておる」

七郎右衛門は、ため息を漏らした。

「そういえば面谷にいたとき、小泉殿は以前に比べ、我慢をなさらなくなっておいででした。あれは、お年を重ねたせいではないでしょうか」

時々、ああいう年の取り方をする老人がいるのだ。気性がきつくなる。人に食ってかかる。隠居は当人のため、良かったのかもしれぬと言うと、左次馬が頷いた。

「元同役のこちらまで目立つゆえ、無茶をしないで頂きたいものだ」

その後、左次馬は顔馴染みの上役へ、反省の文を出し、無事、叱責を過去の話とした。

七郎右衛門はやっと、お役と写本、それに庭の畑仕事に励むこととなった。

「今年は何としても、上出来の大根を作らねばならんから」

内山家の飯が掛かっているのだ。その傍ら重助と話し、時々落書を剝がしにも行った。介輔や、その友で一本気な岡田求馬も、落書には気を配ってくれていた。

ところが。暫くするとまた別の悩み事が、湧いてきたのだ。己はとことん落ち着けぬらしいと、七郎右衛門は思い知ることになった。

六

いつもの通り屋敷を訪ねてきた重助に、七郎右衛門は今日も、白湯と漬け物を出した。今の内山家では、それが精一杯なのだ。

「美味い漬け物だな」

重助は喜んでくれたが、その日、口にした話は、いささか心配なものだった。

「七郎右衛門殿、お主も知っている相手のことゆえ、この話を心に掛けて欲しい」

何事かと身を乗り出したところ、重助の話に出てきたのは、何と小泉であった。

「ご老人、隠居暮らしが、よほど気に入らないらしい。藩へ上書を出してきたのだ」

「何と、上書とは！」

それは藩主や重役の列座などに、己の意見を書いた書状を奉るものだ。左次馬たちが先に書いた反省の文とは、全く別なもので、簡単に出してよいものではない。

「小泉殿、大胆なことをしましたな」

七郎右衛門が眉を顰めると、重助は渋面になった。

「わざわざそんな文を出すくらいだから、上書に書いてあった中身も、大人しいものではなかった。わしが読む前に、年寄、用人、奉行などが、その上書を読んでいたが、皆、不愉快だとしかめ面であった」

今回、面谷銅山の山役人達が叱責されたのは、銅鉱の横流しという不正の為であった。なのに悪を為した者が、上へ意見を送りつけたのだ。小泉はその上書の為に、一段重い処遇になってしまったらしい。

「上書は本人へ差し戻された。小泉殿は、蟄居と決まった」

つまり屋敷内の部屋で、謹慎することになったわけだ。小泉の処遇を決めた席で、重鎮の一人が、小泉は、公と藩を恨んでいるのではと言っていたらしい。七郎右衛門はそれを聞き、一寸ひやりとした。

「小泉殿は、気が強い方ですが、上書まで出すとは意外でした」

少なくとも小泉には、藩そのものへ楯突こうという考えなど、ないに違いない。

「もしやご老人、少し……惚けてきたのでは」

そんな心配が、つい口に出た。左次馬の屋敷で、頭に浮かんでいたことだ。

「小泉殿は、長年馴染んだ役目を続けていたので、大過なく仕事をされていた。しかし急に城下へ呼び戻され、次々と新たなことに向き合ったわけです」

面扶持、叱責、隠居。全て以前とは違う出来事だ。対処しかね、やがて怒りが湧いたのかもしれない。

「謹慎して、少しでも落ち着かれるといいのですが」

重助も頷き、その話は終わった。

最初に小泉が叱責を受け、隠居と決まったのは、五月のことだった。上書が出され、差し戻されたのは、六月。その後、写本を受け取りに来た塩屋が、内山家の客間へ不穏な噂話を運んできた。

「いや、内山家のご兄弟は、綺麗な字を書かれますな。仕事も丁寧。これなら大坂の書物問屋さんも、良い値を付けますわ」

商いのついでに、写本を上方へ持っていくというので、七郎右衛門は塩屋へ礼を言い、礼金を出すと口にした。塩屋は、七郎右衛門とは手間賃の話が出来るので、書物問屋との間に入ったのだと、機嫌良く言った。

「時々、妙な考えをなさっているお武家様が、おられましてな。こちらが頼まれて働いた後、手間賃をお願いすると、金をかすめ取る気かと、怒るのですよ」

手間と時を費やし、ただ働きをする商人はいない。そういう相手との縁は切れていくと、塩屋は遠慮なく口にする。そして、不意に手を打つと、そういえば新しい噂を聞いたと言い出した。

「それも、妙な考え方をしているお武家様の話でして。ええ、年の行った方だそうですが」

名は分からないと、塩屋は言った。ただ。

「そのお武家様、少し前に藩へ上書というものを出して、上役の方に叱られたとか。その後、押し込めっていうんでしょうかね、蟄居になったたっていうんです」

武家はそれが不満で、また上書を出そうとしているらしい。ところが蟄居中の身なので、書くことは出来ても、表へ出かけて、己で届けることは無理であった。仕方なく息子を部屋へ呼び、出してこいと言ったから、屋敷中大騒ぎになったというのだ。

「一回叱られたことを、またやろうっていうんだから、妙な方ですよ。きっと上書は今度も無駄になるだろうって、噂を聞いた皆さんが言ってました」

「そ、そうか」

最近蟄居になった者など、小泉以外にはいない。塩屋が帰ると、七郎右衛門は重助の屋敷へ飛んでいった。

するとと重助も、既にその噂を掴んでいた。そして、他の重鎮達が二通目の上書を目にしないうちに、何とか物騒な書を処分出来ないかと、七郎右衛門へ持ちかけてきたのだ。

「これ以上、小泉殿に馬鹿をさせては駄目だ。蟄居中の者は、大人しくせねばならぬ。なのに上書をまた出したら、必ず重役達が怒る」

今度小泉が暴走したら、新たに小泉家当主となり、真面目に勤めている直之助に、迷惑が及びかねなかった。小泉は本当に惚けているのか、傍目には分からず、それゆえ一層厄介であった。言い抜けができないのだ。

「御家老、とにかく小泉家へ行ってみます」

屋敷を訪ねたところ、驚いたことに小泉は、蟄居中の部屋で七郎右衛門と直ぐ会ってくれた。だがそれは、客へ上書を託すためと分かり、七郎右衛門は思わず顔を顰めた。

（小泉殿の代わりに上書を出せば、今度はこのわしが、処罰を受けるやも知れぬ。なのに小泉殿は、そのことを考えてもおらんようだ）

七郎右衛門とは反りが合わなかったが、ここまで勝手な御仁ではなかった。やはり様子がおかしい。用を山ほど引き受け、疲れた顔で漬け物を食べていた重助の顔が、頭を過ぎった。

（新たな騒動を、増やしてはいかんな）

無礼は承知で、小泉のそばへ近づき、七郎右衛門はとにかく話してみた。小泉の言葉は、しっかりしている。話し合えば納得し、上書を捨ててくれるかもしれないと期待した。

「小泉殿、上書を再び出すのは、良き考えではございません」

最初の一通を出したため、小泉は隠居から蟄居へと、処分を重くされている。

「なのにどうして、また上書を出したいのですか?」

馬鹿を繰り返す訳を問うと、小泉は顔を赤くして畳を睨んだ。七郎右衛門が、真面目に勤めている直之助殿に、迷惑を掛けては駄目だろうと言うと、今度はきつい眼差しを、七郎右衛門に向けてくる。

そして思いも掛けないことを、小泉は口にし始めたのだ。

「今回わしが、お叱りを受けた訳は、分かっておる。面谷の銅鉱を、横流ししたゆえだろう。処罰を受けるのは当然。皆、そう言うだろうな」

小泉が目を、奇妙に見開いた。

「しかし多少の横流しくらい、長い間、目こぼしされてきたのだ。うん、ずっとだ。今まで通りにして欲しいと上書に書いたら、列座の皆様方は、癇癪を起こしたらしいわ」

ふんっと、小泉が鼻を鳴らした。銅鉱を掘り出す山師達は、それはよく働く。山役人らの仕事も多い。その上、面谷銅山の暮らしは、冬など特に厳しい。物を買ったり、何かを楽しむことすらままならないのが、銅山暮らしであった。

家族を山へ伴えば、険しい地で家の者達が苦労する。一人で銅山へ向かえば、毎日の辛さが身に染みる。

「対して、大野城下での藩士達の勤めは、ゆるいものではないか。勤めの数に対して、藩士の数が多すぎるゆえ、二、三日に一度、勤めるだけの者すら、結構いるはずだ」

その差を補うのが、銅山がもたらす余禄であったと、小泉は言い立てる。

「なのに重役方は、苦労は山役人達へ押しつけ、実入りは藩が受け取るという。どうしてだ？　納得いかぬ。昔の方が、ちゃんとしておった。そうだ、変えてはならん。重役などと言って、威張っておるのはけしからん」

整然と話しつつ、何か奇妙に話が逸れてゆく老人に、七郎右衛門は寸の間、返事の言葉を探すことになった。銅山が抱える三万両もの借金のことや、利忠公の決意、家老重助の苦労を語ることはできる。だが。

（きっとそんな話は、小泉殿の耳を、通り過ぎてしまうだろう）

そんな気がしたのだ。試しに小泉へ、他の不満がないかを問うと、次々と転がり出てきた。

「面扶持には驚いたわ。藩士達へ禄を満足に払わない。あれは、あっていいことではない」

大した家柄ではない七郎右衛門が、ある日小泉の上役になった。それも承知出来ない。最近、商人達が武士に大きな顔をしているのも、あるべき姿ではない。

物事を変えてはならぬ。全ては、神君家康公が作られたのだから、ならぬ。

七郎右衛門はそれを聞きつつ、何故だか泣きそうになってきた。小泉の不満のもとが、見えてきた気がした。

（昔からの、武士はかくあるべきという日々が、崩れてきている。ついていけなくなった小泉殿は、それが怖いのではないか）

今の大野は、昨日までと違う。昔と違う。だから元に戻してくれ。武士らしくさせてくれ。小泉は、そう訴えているように思えた。

（だが、こればかりは、わしにはどうにもできぬ）

たとえ利忠公であっても、昨日は取り戻せない。誰にも、出来るはずがなかった。

（良き時とは、小泉殿が覚えている、若かりし頃の大野だろうか）

しかし先々代の頃ならば、既に藩の借金は嵩（かさ）んでおり、毎年その額が、積み重なっていた時期のはずだ。

（商人達の態度も、とっくに偉そうになっていたと思う。商人は、その頃にはもう、一国へ金を貸す大名貸をしていた）

ならば小泉が欲しがっている暮らしは、一体、何時（いつ）のものなのだろうか。七郎右衛門は首を振ると、小泉を見た。

「変わらない世の中は、ありませぬ。それだけは確かです」

小泉の顔が強ばったように思えたので、七郎右衛門は余計なことを言ったと頭を下げ、帰ることにした。上書を出すのは断った。玄関のところで、息子の直之助と会ったので、小泉の日頃の言葉に、妙なところはないかと問うたが、しかめ面を返されただけであった。

（小泉殿、大野が昔に戻ることはない）

七郎右衛門はこの後、いつにも増して忙しくなった。藩の借金の金利を減らす為、京摂で金主達と会うため、また旅をすることになったのだ。

蟄居を続けている小泉の様子は、耳に届いてこなくなった。

七

天保十四年の七月、京摂への旅から戻った七郎右衛門は、魂消る程の騒ぎに、巻き込まれてしまった。

大野藩は、天の加護により銅山で新鉱脈を得て、借金を返し始めたばかりであった。なのに、何とそんなとき、大きな借金をするという話が、藩内で出てきたのだ。七郎右衛門は頭を抱えたあげく、多くの者と揉めた。家老と、妻と、舅とまでも揉めてしまったのだ。

事は、銅山用掛頭取の役目を降りるかという話になり、家でも悩みを増やし、七郎右衛門は、己一人を持てあました。人野から逃れる為、借金を減らす為と言い、再び京摂へ向かう支度を始める始末であった。

するとお。


九月、己にばかり目を向けていた七郎右衛門の所へ、とんでもない話がもたらされた。

一報は、屋敷へ駆け込んできた隆佐が口にした。

「兄者、聞いたか。あの小泉殿が、首を貫いて、自害したらしい」

「自害？」

他の悩みが頭から吹っ飛び、それきり言葉が続かない。小泉は、二度にわたるお咎めを恨みに思うと、遺書を残して死んだという。

「その上だ、遺書に上書を添え、今度こそ藩へ差し出すよう、言い残してあるとか」

そこまで聞いて、七郎右衛門は思い切り首を横に振った。

「だ、駄目だ。そんな上書と遺書を、絶対に表へ出しては駄目だ！」

自害したからには、小泉は乱心の上、亡くなったとして、事を終わらせねばならない。

「上書を出すなど、とんでもない。自害と、そんな上書が絡んだら、それこそ小泉殿が藩を恨み、殿を裏切ったと言われてしまうぞ」

老いて迷い、昔を懐かしんで嘆く心が、思いもかけないものに化けてしまう。隆佐は顔を引きつらせていた。

「それがな、遺書には更に、別の言葉が添えられていたのだ。上書を出すことを止めた者がいたら、魂魄となって、思い知らせるとのことだ」

「は？　魂魄？　ご老体は化ける気なのか」

「兄者、直之助殿には、更にもう一言あったという。倅が上書を出せ。とどめた場合、七生に亘って親子の縁を切ると」

「そこまで書いていても、誰も、小泉殿がおかしくなっていたと思わぬのか」

　呆然とした後、七郎右衛門は隆佐を見る。

「まさかとは思うが、直之助殿は縁切り嫌さに、上書を出したりせぬよな？」

「……分からん。思わぬ遺書であったので、今、親戚達が、直之助殿を止めに行っているそうだが」

「七代縁切りされようが、祟られようが、直之助殿は当主として、全てを己の身一つで止めねばならん。それが一家の主だ」

　下手な対処をしたら、直之助一人のことでは済まなくなる。家人や親戚にも、累が及ぶ心配があるのだ。

（わしがもっと上手く動けば、小泉殿の自害が防げただろうか。殿の御一筆でも渡していれば、小泉殿は納得しただろうか）

　しかし答えは、もう分からない。

「わしは、小泉殿と会ったあの日、何を言えば良かったんだ？」

　顔が強ばってきた時、また、新たな噂が伝わってきた。介輔が部屋へ駆け込んできて、知り合いから聞いたとして、直之助の話を伝えてきたのだ。

「何と、亡き父御の脅しが効いたというんです。直之助殿は上書を出すと言って、屋敷を出たとか」

「馬鹿なっ！」

七郎右衛門は、顔色を変え、慌てて己の屋敷を飛び出してゆく。だが、どこにいるか分からない直之助に、追いつけるはずもない。

探し回っている間に、直之助は城へ入り、七郎右衛門はじき、上書が出されたという噂と、出くわすことになった。直之助は、親戚中から止められたにもかかわらず、親の自害まで届け出たという。

（なぜ、だ？）

本心、思った。目の前に、危うい崖が現れてきたことくらい、直之助にも分かっていたはずだ。集まった親戚連中が、口を酸っぱくして告げたに違いない。上書を出すことは、破滅を呼ぶ悪手だ。落ち着けと。

しかし直之助が選んだのは、周り中が、それは駄目だと言った、危うい道であったのだ。

（訳があるのなら、教えて欲しい。どうして、そんなことをしたのだ？　小泉殿が老いに囚われつつあったことを、直之助殿は分かっていなかったのか？）

だが、誰も答えてくれない。そして恐れていたことが、目の前で起きてしまった。

小泉家は、藩への叛意ありと、みなされてしまったのだ。即日、家内残らず、藩から追放と決まった。親類縁者に累が及ばなかっただけ、助かったという話が聞こえてくる。

（こういう処分を、実際に見たのは初めてだ）

七郎右衛門は、己の顔から血の気が引くのを感じた。本当に、あっという間に、小泉家の者は大野城下から姿を消した。小泉の葬儀も見なかったのが、不思議であった。後で、檀那寺（だんなでら）が内々に、遺体をもらい受けたと知った。

（殿、何で、こんなことになったのでしょう）

訳が分からなかった。もしや、己が面谷銅山へ、三万両を注ぎ込むと決めたことが、この出来事を引き寄せてしまったのだろうか。必死に山を変えたことが、小泉を破滅させたのだろうか。

（わしは小泉殿に、何一つ力を貸せなかった……）

なぜかくも、力及ばないことが多いのか。あれもこれもと情けない思いが浮かび、酷く身に応えて、総身が震えてきた。己は何も出来ないでいる。七郎右衛門は屋敷内で、声もなくうずくまった。

そのまま暫く、立つことすら出来なかった。

四章

殿三十三歳
七郎右衛門三十七歳

一

利忠公はかつて、大野藩には合戦の日々が待っていると、七郎右衛門に言った。そして公の命により、七郎右衛門は否応なく、その太平の世の戦いに身を投じることになった。

敵の名は、借金。相手は金かと一寸笑えたが、どんな名将よりも敵国よりも手強かった。

知る限り、徳川の世で改革を成しとげ、借金に勝てた藩はごくわずかだ。しかも、それら少数の藩とて、一旦は勝ちを収めたものの、時が経つとほとんどが、また借金を増やしている。だが、戦うしか道はなかった。

幸運にも銅山で新鉱脈を見つけ、一時、戦いに勝利出来るかもという気になった。しかしだ。

七郎右衛門はある日、とんでもない事態に直面したのだ。命がけで減らしていた借金が、気づくと増えようとしていた。

新たに敵が、現れてきたからだ。その敵の正体は、〝人〟であった。

人は金を使う。簡単な話で、七郎右衛門が減らすよりも早く、ごっそり金を使われてしまえば、借金は増えてゆく。増え続けてゆくのだ。

七郎右衛門は、新たな戦いの日々へと、突入していくことになった。

天保十四年、利忠公がまだ雪のある三月に、江戸から大野へ帰り、七郎右衛門は驚いた。いつもは五月に発駕（はつが）、翌年七月に帰国となるのが、四月も早く大野へ戻ってきたのだ。

帰国の訳は、離れた所にある藩の飛び地、西潟（にしがた）を視察する為だという。しかし、帰国の話を城中の勝手方で聞いた時、七郎右衛門は大きく首を傾げた。

（あの飛び地に、問題があるとは聞いておらぬが。多分西潟視察は、表向きの理由だな）

勿論、幕府に許しを得ての帰国だろうから、利忠公はちゃんと西潟を回ってから、大野へ入った。

すると早々に、帰国の訳が知れた。今回早めたのは、重助（じゅうすけ）のみに、責任を負わせないためであったらしい。改革は、公の名で直々（じきじき）に為されることになったのだ。

重助は、気持ちを楽にしただろうが、家老として城へ詰める日は一層増えた。二人はその後も諸役を引き締め、その流れの中、銅山の役人であった小泉は、隠居することになった。そして、更なる小泉家の騒ぎへと繋がっていったのだ。

一方、公の早い帰国は、小泉老人の騒ぎとは別の場所でも、七郎右衛門を悩ませた。

公、帰国後の、ある日のこと。暮れかけた時分に、七郎右衛門は屋敷前の道から、たまたま亀山を見上げた。すると、本丸のあった山の上に、早、星が瞬(またた)いていた。

「一番星か。もう星が出る刻限なのだな」

だが、目を空から山へ移したとき、そこに小さな明かりを見て、七郎右衛門は戸惑った。

「はて、こんな刻限に、山に誰かいるのか？」

しかし直ぐ首を横に振る。

大野城は平山城(ひらやまじろ)で、本丸は城脇にある急勾配の亀山の、天辺に建っていた。普段は玄関に錠前をかけ、紙で帯封をし、出入り出来ない。本丸周りの見回りはしているだろうが、まだ雪が積もっている中、暗くなりかけたこの刻限に、人が山へ入るとも思えなかった。

「星明かりを、見間違えたか」

もう一度目を向けてみたが、何も見えない。眉尻を下げたとき、夕餉(ゆうげ)を告げるみなの声が聞こえ、七郎右衛門は屋敷へ戻った。

その後も諸役の引き締めは続き、〝不首尾の者〟が更に増えた。藩内は、藩士達の泣き言で、騒がしさを増していったのだ。

（やれ、藩中に不満の声があることは、殿もご承知だろうに、手加減されぬな。やはり殿は、信長公に似ておいでだ）

内山家に泣きついてくる者も増え、七郎右衛門も落ち着かない。弟鷹五郎を養子に出した先、松浦家もお叱りを受け、七郎右衛門が手を打った。

するとそこで、同じ山役人であった小泉佐左衛門の無謀を聞き、心配を募らせる。

「やれ、最近は落ち着かぬな。昼餉のふかし芋も、ゆっくり食べられぬ」

屋敷でつい、みなへ愚痴をこぼすと、妻は優しく話を聞いてくれた。

「お仕事が、また増えたのでは？　お前様、お体に気をつけて下さいね」

「みなに色々話せるから、助かっておる。一人で抱え込まずに済むからな」

実際七郎右衛門は、幾つかの仕事に追われまくっていた。八十石の藩士に、なぜこんなに仕事が集まってしまったのか、謎としか言いようがない。

まずは勝手方として、日々城へ詰めている。藩の財を扱うお役は、そもそも忙しかった。

次に、大野城下にいることは多いものの、銅山の頭取も続けていた。

更に京都や摂津国へ、今抱えている借金の利下げなどを頼むため、出張することが増えた。全ての借金を返すために、欠かせない仕事なので、なかなか減らせなかった。

そして何故だか、大野領民に対する債務の返済まで、七郎右衛門が言いつかっている。

己が言い出した、特産品生育への目配りも重なった。

もう本当に、一杯一杯なのだ。

「お前様、双子であれば良かったですね。二つに分けることができれば、沢山の仕事も大分楽になったでしょうに」

「確かになぁ。おお、そうだ。双子はいないが、わしには兄弟がいるな」

よって七郎右衛門は、幼子の為の古着を新堀の屋敷へ届けた日、冗談が半分、後の半分は本気で、弟隆佐(りゅうすけ)に言葉を向けてみた。

「御家老に願ってみるゆえ、役目を一つ二つ、代わってくれぬか」

すると、だ。隆佐ときたら、今は割く時がないと言い、古着を抱え逃げてしまったのだ。

「時がないって……おい隆佐っ、普段のお役目、そんなに忙しかったか？」

一人残された玄関で声をあげたが、答えがなかった。

七郎右衛門は不機嫌な顔で屋敷へ戻ると、またふかし芋だった昼餉を睨みつつ、今日は末っ子の介輔(かいすけ)に隆佐の行いを愚痴った。

すると。剣の腕は立つが、隠し事の下手な若い弟が、顔を強ばらせつつ次兄を庇(かば)った。

「その、隆佐兄者は……ええとその、忙しいのです。ええ、嘘はついておりません」

「おや？」

この時七郎右衛門は、介輔の様子がいつもと違うことに、初めて気づいた。それで、頭の中まで覗き込めそうなほど近づき、弟の目を見つめる。

「こら末っ子。わしに、何か言ってないことがあるようだな」

確信があった訳ではないが、やはりというか、介輔の目が泳ぐ。おまけに介輔は明らかに狼狽(うろた)えつつも、七郎右衛門の問いに答えず、黙り込んでしまったのだ。

しかしそれで十分答えになり、ため息を漏らすことになった。

「わしは以前、隆佐に隠し事をした。今回のだんまりは、その意趣返しか？」

「い、意趣返しではないのです。そんな風に言われては……」

本当に困った顔をして、介輔は昼餉の芋に手を付けずにいる。仕方ないので食うように言ってから、七郎右衛門は屋敷を出た。あの様子だと己が横にいては、介輔が昼餉を食べ損ねる気がしたのだ。

（なに、大野の城下は狭い。介輔が白状せずとも、自分で調べればよいさ。その内、隆佐の噂に行き着くだろう）

ところが、だ。こういう時に限って、何故だか別の用件が重なり、七郎右衛門は噂探しどころではなくなってしまった。七月、京摂に住む藩の金主のところへ、借金の金利の交渉のため、行くことになったのだ。

（くそっ、誰かがわざと忙しくしたのかと、疑いたいくらい、次々に用が現れる。だが隆佐が、用を作れるはずもないし）

それに七郎右衛門が、借金の件で出張を仰せつかるのは、いつものことであった。

（ふんぞり返ったまま、商人へ金のことを頼む武士が多いからな。威張っても、利息を下げてもらうことは出来ぬのに）

借金の利息を下げたければ、まず大商人揃いの金主に、頭を下げねばならない。細かいやりとりをし算盤をはじくのは、その後のことなのだ。

だから七郎右衛門が今、国を離れるのは、たまたまのことに違いない。そう思うのだが……何か心が落ち着かないまま、七郎右衛門は旅立つことになった。

二

武家の当主が、物見遊山の旅に出ることなど、まずない。いざ合戦となったとき、直ぐに主の元へ駆けつけられないのでは、家臣として役に立たないからだ。

それでも旅慣れた武士が多いのは、参勤交代で藩主の供をし、一年ごとに江戸と生国の間を行き来するからだ。大野藩では、米や特産品の荒銅を商人へ託すため、大坂へ行く藩士も多かった。

七郎右衛門は借金の件で、金を貸す側の商人、金主達のところを回っていたから、最近は京摂へゆくことが多い。そして、そうやって貸す側と頻繁に会うと、相手と馴染みになるから不思議であった。

特に行く先が、面谷銅山を通じて知り合った布屋理兵衛だと、一層気安い。布屋は七郎右衛門が、面谷銅山を一段上の宝の山に変えたと言い、商売仲間のように付き合ってくれるのだ。真にありがたかった。

（その上布屋になら、縁続きが多い大野では言えないことを、話せるからな。それも……凄く助かる）

世慣れている大商人は、噂が伝わる危うさを承知しており、他言はしないから、ここで色々話していけと言ってくれた。

そんな相手だったから、今回布屋へ着くと、七郎右衛門はまず、損得抜きで、常日頃融通をきかせてくれる主に礼をした。越前の藩などが扱う漆（うるし）の値について、布屋へ、武家しか知らない話を伝えたのだ。

勿論商売物の値は、商人の方が詳しい。だが国の特産品となると、各藩の意向が関わってくる。よって上手く儲けるには、武家との付き合いも必要になった。

「いやぁ七郎右衛門はんは、商人がどんな話を聞きたいか、よう分かってはります。ほんま、お武家とは思えんお人やで」

布屋は漆の話を大いに面白がって、金を借りている側の七郎右衛門を、何と料理屋へ連れて行ってくれた。馴染みのない大層な店構えを見て、七郎右衛門は思わず、本音を口にしてしまった。

「布屋、さすが日の出の家柄といわれている商人は、立派な料理屋の馴染みだのう。しかしわしは貧乏武家ゆえ、こんな店の払いは出来ぬぞ」

すると、お供をしてきた奉公人の孫兵衛が、料理屋の客間で苦笑を浮かべる。

「旦那さんは、招いたお人に、払いなどさせませんがな。けど七郎右衛門はん、お武家様が、ご自分を貧乏などと言わはって、よろしいのやろか？」

手代で、まだ二十代半ばの孫兵衛は、口達者だ。そして、布屋がいつも連れ歩いているということは、出来る奉公人であろうと思われ、七郎右衛門は笑いを向けた。

「ふふ、良いもなにも、本当のことだ」

元々八十石と多い禄ではない上、大野は今、面扶持を行っているのだ。よって毎日の暮らしは実に質素で、昼餉は大概芋だと正直に言うと、座にいた、綺麗な三味線の師匠が驚いていた。

「あら、わてと同じやわ」

横で、からからと布屋が笑う。

「ほんまに七郎右衛門はんは、不思議なほど取り繕わぬお武家はんや」

しかし昼飯が毎日芋では寂しいと、布屋は七郎右衛門へご馳走を勧めてくる。

「今日は好きなもんを、仰山食べていきなはれ。その時ついでに、今度は煙草の値のことも、ちぃと話せたら嬉しおますなぁ」

「本当に、商人というのはたくましいな。わしも見習わねば」

「大丈夫や。七郎右衛門はんはとうに、商人顔負けのたくましさ、持ってはるよって。ほんま、芋ばっかりの暮らしを続けるより、いっそ商人になって、店でも持ちはったらよろしいのに」

そうだ、どうせなら一軒、新たな店を用意するから、一緒にやろうと布屋が言い出す。

「七郎右衛門はんなら、うまいこと儲けますわ、きっと」

七郎右衛門は酒杯を手に、両の眉尻を下げた。

「それはまた、過分に褒められたものだ。だが布屋、禄から離れても、困らず食っていける武士など、ほとんどおらぬと思うぞ」

店を開き、潰さずにいられる武士は、もっと少なかろうと続ける。

「日々暇でも、武士は家禄をいただける。それで金に対する考えが、甘くなっておるのだと思う」

落ち着いた顔で言うと、孫兵衛が目を見開き、布屋はすいと目を細めた。

「そこ、分かってはるなら上出来やわ。なぁに、商人が新しゅう店開いても、十年潰れんでいられるんは、十に一つですわ」

「えっ、旦さん、その話ほんまでっか。先々怖いですわぁ」

己もいずれ店を開きたいのか、孫兵衛が驚いた顔をしている。だが布屋は何故だか、七郎右衛門なら大丈夫な気がすると言うのだ。

「二人で新しい商売を始めるんなら、何がええかなぁ。やっぱり、お武家が関わっとる品やな。そこが強い店、少ないよって」

「おや布屋、各藩の特産品を扱う気か？　ならば船がないと。問屋に任せると運び賃だと言って、ごっそり利を持って行かれるぞ」

「そやな。問屋まで己で作るか、船の方を作るか、二つに一つやろか」

えろう金が掛かるなと言ってから、こういう話をするのは楽しいと、布屋は笑っている。確かに、金の心配や仕入れの難儀、売る苦労が始まる前の一時が、商売で一番心躍る時期なのかもしれなかった。

するとここで三味線の師匠、お千が頬を膨らませ、婀娜っぽい顔で皆を見てくる。

「なんやろ、ええ女が目の前で三味線弾いてんのに、男はん方、こっちを見もせんと商いの話ばっかりや」

「お千はん、商売に焼き餅焼いても、しょうがないわな」

布屋は師匠へ一杯勧めると、ちらりと七郎右衛門を見てから、お千へ言った。

「それに七郎右衛門はんと話をするなら、色っぽいことより、悩みでも聞いたげたらよろし。このお方、お千はんと同じ悩みを抱えておいでや。お子がおられん」

つまり大野の国では、言えないことを抱えているわけだ。よってたまに、布屋と遠慮無く話していくのが、七郎右衛門の息抜きだと言った。

「まあ。それは大変で」

三味線の音が止まった。お千はそれきり黙ったまま、七郎右衛門を見ている。

「せやけど、心配ないわ。七郎右衛門はんには確か、えらい年下の弟はんがいたはずや」

だからさっさと家を譲って、隠居したらよいのだと、布屋は明るく言う。

「そないしたら、上方へ来られますのに」

七郎右衛門が笑って、武士は余り若いうちに隠居はしない決まりだと返した。しかし物知りの商人は、昨今では、五十と少しで隠居する武家が多いはずと、あっさり言ってくる。そして若隠居という言葉も、ちゃんとあるというのだ。

「七郎右衛門はんは、先に面谷の銅山から転げ落ちはったやろ？　あれから体の調子が悪い言うて、若隠居になればよろしいのや」

しかし芋の似合う内山家は、内福とはいかないようだ。よって若隠居の七郎右衛門は、弟の先々を考え、己で隠居後の暮らしを支える為、上方へ居を移すかもしれない。いや多分、そうなる。布屋は勝手に話をこしらえていった。

「やってみなはれ。存外簡単にできますよって。一緒に儲けましょ。きっと面白いわ」

既に大店を持っている男は、更に一軒、店を増やしたいのかもしれない。本気なのか冗談か、目をきらめかせつつ言葉を重ねてくるのを、七郎右衛門は笑い飛ばした。

しかし……商売をしようと布屋が誘ってくれたことを、己はずっと覚えているだろう。七郎右衛門には、それが分かっていた。

三

京摂から大野へ帰ると、七郎右衛門は屋敷へ戻る前に、土産を渡す為、義父縫右衛門のところへ立ち寄った。すると義父は、七郎右衛門が国を離れていた間のことを話してくる。

まずは、学校創設の令が出たと教えてきた。ゆえに、どんな学び舎になるのか、皆が噂しているところだと、縫右衛門は口にしたのだ。

「学校ですか?」

聞いた途端、納得がいった。

「それだ! 隆佐がわしに隠していたことは、学校創設の話に違いない」

確かに以前、学ぶ場を新しくするという噂があった。公がお手元金で造るのかと考えた、あれだ。

すると縫右衛門が、首を傾げる。

「はて、隠していたとは、どういうことだ? 七郎右衛門殿、お主も学校開設の儀式には、出ると聞いておるぞ」

学校の世話方には既に、渡辺順八郎や隆佐などが指名されているという。その話を聞き、七郎右衛門は寸の間、声を失った。

「大野でやるのですか」

「お主、聞いておらんのか。式を行うのは二十五日だ。もう直ぐだぞ」

義父が驚いた顔になる。出張が長引いたゆえ、知らせが滞ったのだろうと言って、七郎右衛門は誤魔化した。だが、舅は納得しない。

「みなとて学校の噂は聞いておろうに。いや内山家へは、儀式へ出席を請う知らせが、藩から行ったはずだ。なのに娘はお主へ、文もやらなかったのか？」

しかめ面の舅へ、何か手違いでもあったのだろうと小声で言い、七郎右衛門は早々に岡嶋の屋敷を出た。まだ納得出来ないのか、後で内山家へ行くと、縫右衛門の声が背へ届いてくる。

屋敷へと歩みつつ、頭の中をぐるぐると、学校に関わる事柄が巡った。

（隆佐達は、学校を造っていたのか。ならば、あいつらが夢中になるのも分かる。大いに忙しかったことだろう）

ただ七郎右衛門は、一つ思い違いをしていた。藩が学校開設の儀式をするとなれば、造られる学び舎は、小さな私塾ではない。

（藩校だ！　大きなものになろう）

すると隆佐が七郎右衛門に、学校のことを話さなかった訳も、するすると思い浮かんだ。

（やれやれ。一緒に学校を造ろうとしている面々から、わしにだけは話すなと、止められたのだろうさ）

まだ屋敷へ戻ってもいないのに、七郎右衛門はまた、出かけたくなった。だが、さすがに旅姿のまま、これ以上歩き回るのは拙い。一旦屋敷へ戻ると、大急ぎで草鞋を脱ぎ、足を洗った。着物も着替えねばならないと思い、玄関で立ち上がった時、何かが妙に思えて、七郎右衛門は急ぎ家の中へ目を向ける。

　そして驚き、辺りを見回した。不思議なことに、屋敷に妻、みなの姿がなかった。


　表へ出た七郎右衛門が向かったのは、家老である重助の屋敷、中村家であった。

　まずは出張の報告をするつもりゆえ、直ぐに会って下さるだろう。そしてその時、学校創設について、問おうと思っていた。

（御家老であれば、委細承知のはずだ）

　落ち着いて考えれば、学校創設の話自体は驚くことではない。大野藩は文武両道の土地柄だし、日の本にある諸藩では、今、あちこちで藩校が造られているのだ。

　隆佐達学問好きの面々は、既に大坂や江戸に出て、名の通った師に教えを請うていた。大野藩の明日を思うのなら、学ぶ場所は是非必要だと思う。

「それに学校を造ると聞くと、心が躍る。若い才を育むのは、夢のある話だからな」

　七郎右衛門も公の側で、長年学問に励んできた一人なのだ。

（この先大野の地に、どうやったら新しい学問が根付くか、有志の皆で、一晩中語るのは楽しかろう）

　ただ。

　ただ、しかし。

嫌でも浮かんでくる言葉があって、己を夢から引き戻してしまう。七郎右衛門は唇を嚙むと、しかめ面のまま大股で歩んでいった。

「あの馬鹿弟！」

思わず毒づく。

「学校を造るのは良いとして、何で今なんだ！　面扶持の真っ最中ではないか。そして面谷銅山は、借金を返し始めたばかりだ」

幕府への借金という、最優先で考えねばならない金すら、ほとんど返せていないのだ。

「こんな時に、学校とは……」

言いかけて、七郎右衛門は言葉を途切らせた。足は口より先に、止まっていた。

上大手門と、道を挟んだ向かい側に、大勢が集える藩の会所がある。そこから珍しくも、大きな声が聞こえてきたのだ。

「おや？　あの声は……隆佐がいるのか」

七郎右衛門は道から逸れると、用もない会所へ、招かれてもいないのに入っていった。すると驚いた。並の寺よりも広い敷地の中に、何と、大勢の藩士達が集っていたのだ。

七郎右衛門の突然の登場に、会所の玄関辺りが一瞬ざわめく。それに構わず、強引に建物の奥へと向かうと、広間に隆佐や介輔など、知った顔が揃っていた。

そこで弟達は、人垣の向こうにいる姿に、頭を下げていたのだ。

「おや隆佐は、藩校の件の頭(かしら)ではないのだな」

弟達への〝なぜ〟という疑問が、〝なるほど〟という言葉に変わり、疲れたようなつぶやきとなって口から転がり出た。その時、小声が聞こえたわけでもなかろうに、部屋内の人垣が割れる。そして七郎右衛門の目に、この場の頭は誰なのかを見せてきた。

七郎右衛門の口元に、苦笑いが浮かんだ。

(おお、大野藩の金蔵から大枚を使おうとしている御仁は、御家老ではなかったのか)

借金漬けの大野藩では、今、厳しい面扶持を行っている。そんな中でも大金を使えるとしたら、二人しか思い浮かばなかった。そして目の前の人は、重助ではなかった。

胃の腑がきゅうっと痛んだ。つまり、残った一人は。

「わが殿」

七郎右衛門に、大野藩が抱える借金を無くせと命じた、その人だ。藩が抱えた借金の意味も、その危うさをも、誰より良く知っているお方であった。それ故七郎右衛門を登用し、共に借金を返している、無二の主なのだ。

(何でだ?)

真剣に思った。

(よりによって、何でそんなわが殿が……大野藩の金を使う者、敵方の御大将なのだ?)

利忠公は、会所の広間から、真っ直ぐ七郎右衛門を見てくる。目を逸らしもしなかった。

腹が据わってくるのが、己でも分かった。

四

（しかし、納得出来ぬ。借金を増やそうとしているのが……どうして殿なんだ？）

七郎右衛門は精一杯落ち着いた素振りで、部屋の中程へ進み出ると、座って両の手を突き、帰国の挨拶をした。周りを囲んでいる者達の顔など、ほとんど目に入らなかった。

「殿、京摂の借金、幾らか減りました」

返済を済ませた金主が一人、利率を下げてもらった相手が一人と、今回の出張の成果をきちんと報告をする。

すると公は、大変優しそうな笑みを浮かべ、頷いた。いつも七郎右衛門が怖いと思ってしまう、あの綺麗な笑いだ。今日は一段と見目麗しく、恐ろしく思えた。

「七郎右衛門、毎回苦労をかけるな。商人相手に、金について掛合事が出来る藩士は、そうはおらぬ」

金主達金を貸す側は、筋金入りの商人だから、下手をすれば金利のことなどで、いいように扱われてしまう。金の交渉はどの藩でも、それは苦労しているところであった。

「よって七郎右衛門の知らせは、嬉しいのぉ。ただ」

ここで公は、こちらの目を見据えてくる。

「お主、その報告を城ではなく、なぜこの会所に来てするのだ？」

畳に目を向けつつ、七郎右衛門は歯を食いしばった。利忠公の意向が、その一言で分かったからだ。会所は、藩校創設を目指す者達が集う場だ。つまり公は七郎右衛門へ、藩校設立を承知するのか問うてきていた。

（殿が造るとなれば、藩校は相当大きなものになるはずだ）

つまり百両や二百両の出費では済まない。そして、そこまでの大金だと、藩の金を使うか決めるのは、殿や重役方であった。勝手方の七郎右衛門が、口を挟むことではない。ただ。

（殿は、それでもこの七郎右衛門が、学校創設を止めてくると睨んだのだろう。金が掛かりすぎるからな。公は今回、この七郎右衛門一人を、学校創設の敵方と位置づけたな）

よってことを覆せなくなるまで、公は七郎右衛門を蚊帳の外へ置いておいたのだ。隆佐達、学校に関わる者達の口をつぐませ、更に七郎右衛門を、他国へ出張させた。全ての者は公の手駒であった。

（わが殿は、本当に政の才がおありになる。日の本を託してみたかったぞ。幕政への志を持たれなかったのが、惜しいくらいだわ）

七郎右衛門は畳を見つめたまま、口元を歪めた。

（おまけに、この身を随分、特別扱いして下さるではないか）

学校は一人で造れるものではないから、七郎右衛門は既に、大勢の敵となっているのだろう。うんざりする話であった。

もっとも、七郎右衛門が会所の仲間に加わる道も、残っている。ここで是非、学校を支える一人になりたいと言えばいい。そうすれば皆の笑みに迎えられ、暫く楽しいときを過ごす事が出来るはずだ。

（分かっている。そしてわしは、誰よりもそうしたいのだ）

借金の返済ばかりの日々は、もう沢山だった。弟達とも、喧嘩などしたくはない。公の意を叶えたい。

（だが……それでも、だ）

七郎右衛門はここで唇をぐっと引き結ぶと、顔を上げ、利忠公へ目を向けた。そして腹を決めると、藩の重役ですら、言うはずもない言葉を口にする。

「殿、殿は大野藩の借金を返すと、決められたのでございますよね？　それがしに、その返済をお命じになられました」

では、何故なのだ。

「どうして今回、大枚を使おうと思われたのですか？」

「おや七郎右衛門は、藩校の創設に不満か？」

公が笑いつつ言った途端、周囲が静かになった。このままでは、藩主と口喧嘩をするという、信じられないことになりかねないと、分かっていた。七郎右衛門の頭は、黙れと己へ命じている。

だが。まだ言わねばならないことが残っていると、口が勝手に開いてしまう。結局顔を引きつらせつつ、とんでもないことを、最後まで言うことになった。

「学校は関係ありませぬ。どんなものであれ、今、新たな借金を重ねることには反対でございます」

きっぱり、言い切った。相手は己の殿、大野の藩主だ。すると。

「やはりそうか。うむ、そう思ったのでな、七郎右衛門に黙って金を使うことにした」

「……あの、殿？」

「お主がことを摑むのは、もう少し先、開設の日になるはずであったのだが。やれやれ」

ここまで正面から公に、金を使うと言われるとは思わなかった。七郎右衛門はなりふり構わず、公へにじり寄る。

「今の借金に、新たな借金が積み重なってしまいます。どんどん増えては、それがしには返すことなど、とても出来ませぬ」

すると利忠公は、真に正しい言葉だと言い頷いた。やはりそれくらい、ちゃんと分かっておいでであった。ただ。

「七郎右衛門、それでは聞くが、わしはいつまで待てばよいのか？　藩の借金が消えるのは、いつになる？」

「あの……確（しか）とは言えませぬ。でも」

「七郎右衛門が頑張り、その時が来ても、藩校など新たなことを始めれば、また借金が出来る。やりたいこと、藩主としてやらねばならぬことは、数多（あまた）ある。金を貯めてからことを始めるのでは、わしはほとんど何も出来ぬうちに、あの世へ行くことになろう」

己は借金に絡め取られ、これからずっと、何も出来ないのか。利忠公はそう問うてきたのだ。それでは辛いと、言葉が続いた。

「だから、面谷銅山に新鉱脈が見つかり、一つことを乗り越えたとき、この後も、七郎右衛門の力を信ずることに決めた。新しいことを始めることにしたのだ」

それを止めるのか。公からそう問われて、次の言葉が出てくれなかった。

（殿……そのような言われ方は、狡うございます）

顔を上げた拍子に、弟介輔の蒼い顔が見えた。だが、それでも七郎右衛門は、ここで黙ってしまってはいけないと思った。

「殿、殿が思い立たれた藩校創設に、どれほどかかるのか、それがしは存じません」

とにかく、その金をどこから調達するにしても、藩の借金は増える。

「ならば」

毒を食らわば皿までと、七郎右衛門は意を決し、先を語る。

「それがしの、銅山用掛頭取の役目は、解いて頂きたい」

「は？　七郎右衛門、何故だ」

「殿、面谷銅山はわが藩の金蔵です。よってあそこを頼れば、金は何とかなるのではないかと、つい考えてしまいがちなのです」

しかし銅山の利益は一に、幕府への借金返済に使わねばならない。期限までに返せなければ、担保になっている銅山自体を取られてしまうからだ。

「そうなったら、大野藩の明日はございますまい。よって殿と共に、藩校を始める藩士のどなたかが、銅山の責を預かるのが良いかと考えます」

公が七郎右衛門を見据えてくる。

否と言われても金を使うのなら、金を作る難儀も借金を背負う怖さも、そちらで負ってくれ。七郎右衛門は公へ、そう言ったも同然であった。すると言った当人が、一番驚くことになった。

（魂消（たまげ）た。わしは殿に、本当に喧嘩を売ったらしい）

己で己が信じられなかった。長年、それこそ銅山では命を賭け、公の志を叶えんと必死になってきたのだ。今も利忠公こそ己の殿だと、揺らぐことなく思っている。それは確かであった。

（なのに……）

公はじっと、七郎右衛門を見ている。会所の中では、誰も口を開かない。七郎右衛門は不意に、己の首がまだ胴にくっついていることを確かめたくなって、首筋に手を置いた。

五

再び訪れた大坂の料理屋で、久方ぶりに会った布屋が、頓狂な声を上げた。

「ひゃーっ、七郎右衛門はん、殿様に喧嘩売ったんかいな。そりゃ、えらい騒ぎになったんやおまへんか？」

それで京摂へ逃げて来たのかと、布屋は、からかうような顔で言ってくる。

「とりあえず、浪々の身にはなっておらん」

内山家は無事だと、七郎右衛門は告げた。すると運の強いことだと言い、布屋と奉公人の孫兵衛、そして三味線の師匠お千が笑う。

「しかし驚いたわ。この布屋、長年大名貸をしてます。お武家はんとの付き合いも、多い方やけど」

だが、自分の殿様に嚙みついた藩士には、初めて会ったと言ってくる。後の二人も深く頷き、七郎右衛門を見てきた。

「ほんに、よう助かりましたな。何でお叱りを受けなんだのやろ」

「いや孫兵衛、咎めがなかったわけではない。会所から帰る時、本当に珍しくも、御家老から拳固を食らった」

会所の門前で、七郎右衛門は重助にため息をつかれ、己が公の臣下であることを思い出せと言われたのだ。布屋が口の端を引き上げる。

「ははっ、それで済んだんなら、運がええ。今までの功を、考えてくれはったってことやろうか」

しかし七郎右衛門の首が今、胴に載っているわけは、それだけではなかった。

「わしが殿へ、大枚の借金は、承知出来ぬと言った後のことだ。実は会所で、更に一騒ぎあってな。それで話が逸れた」

七郎右衛門と公が言い合い、会所内が、針一本落ちても音が聞こえそうな程、静まりかえった時のこと。七郎右衛門はその場で思わぬ人を見かけ、驚くことになった。

気がつくと、相手の名を呼んでいた。

「みな、みなではないか。屋敷におらぬと思ったら、どうして会所にいるのだ？」

七郎右衛門が声を向けたのは、己の妻であった。更に目を見開いたわけは、幼い子が、みなの着物をしっかりと握り、しがみついていたからだ。甥っ子だった。

「慎太郎まで……何でここに現れたんだ？」

七郎右衛門は寸の間呆然としていたが、不意に気づいた。周りの者達は、俯いたり顔を逸らせたりしている。みなへ、なぜ会所にいるのか、誰も問わないのだ。

（ということは……）

藩校を設立するには、膨大な手間暇が掛かるはずであった。何を学ぶのかを決めたり、貴重な本を集めたり、どういう年齢の、どんな立場の者に教えるかを定めたり……とにかく山と細かい作業が待っている。隆佐は本当に今、忙しいのだろう。

勿論、弟以外の者達も暇なわけがない。よって偉志子は夫の為、会所に集う藩士達の世話を、することになったのではないか。

（でも慎太郎はまだ幼い。それで手を貸して欲しいと、みなへ話が行ったというところか）

みなは甥っ子を、それはそれは可愛がっている。もし、手元で世話をする機会があれば、大喜びで引き受けるだろう。みなは、子供が大好きなのだ。

殿の御前にいるにもかかわらず、妻に問うていた。

「みな、一体いつから慎太郎を預かっているのだ？」

するとと、何と答えたのは慎太郎であった。

「おばちゃん、いっしょなの。たくさん前から」

「そうか。慎太郎は賢いな」

思わず顔が緩んだ。だが、となると。

（少なくとも今回の出張の前には、みなは隆佐達が何をやっているのか、承知していたに違いない）

いや、多分もっと前から、みなは隆佐達の仲間であったのだ。

いつもの妻なら藩校の件を知れば、直ぐに七郎右衛門へ話したはずだ。しかし今回みなは、学校の件を知らせなかった。

「学校のことをわしに漏らせば、ここにいる者達の仲間ではいられない。慎太郎の世話を、させてもらえぬと考えたのか？」

自分達には子がいないからと、思わず口から漏れると、すぐ側にいる公の顔つきが、一寸変わるのが分かった。しかし今の七郎右衛門に、その変わり様を考える余裕はなく、目はみなを見つづける。

みなが返事をしかね、俯いてしまったとき、隆佐が急ぎ割って入ってきた。学校の為なら、兄と喧嘩くらいする気だろうが、兄と言い争う相手がまさか義姉になるとは、思っていなかったのだろう。

「兄者、義姉上へ慎太郎の世話を頼んだのは、うちの偉志子だ。こんなところで、内々の話をせずとも。後で事情は話すから」

だが隆佐は不意に言葉をとぎれさせ、会所の玄関の方へ目を向ける。弟の顔が強ばったので、七郎右衛門も振り返ると、そこには先程会ったばかりの、舅の姿があった。

「縫右衛門殿、何でここに」

隆佐の声が裏返る。兄夫婦が揉めただけでも困っただろうが、そこに兄の舅までが加わってきたのだ。そして騒ぎの真ん中には、間違いなく幼い慎太郎がいた。

縫右衛門の眉間に、くっきりと皺が刻まれている。

「みな、おなごがこのようなところで、何をしておるのだ。先程内山家へ行ったが、婿殿が西から帰って来たというのに、空き家のようであったぞ」

縫右衛門の目つきが厳しくなったその時、思わぬ声が会所に響いた。何と公が縫右衛門に声を掛け、話に割って入ったのだ。

利忠公がいるとは思っていなかったのか、縫右衛門が慌てて言葉を切り膝をつく。公は頷き、ため息と共に七郎右衛門を見ると、身内の話があるようだから、舅と妻を連れ、屋敷へ戻れと言ってきたのだ。

「とにかく、お主の話は聞いたゆえ。あとのことは重助と話しなさい」

そして帰る途中、会所の門前で、七郎右衛門は重助から拳固を食らったわけだ。

「あらまぁ……」

布屋たち三人が、言葉少なに見つめてくる。七郎右衛門は料理屋の客間で、先を語った。

「内山家へ帰った後、舅殿を落ち着かせるのが大変だった」

縫右衛門は、いつもは温厚な重助が拳をふるい、婿へ、頭を冷やせと言ったのを見てしまった。それで、どうしてそのような次第となったのか、娘のみなを問い詰めたのだ。

舅はみなから、慎太郎のかわいさに負け、つい藩校設立のことを夫に隠していたと聞いた。

「それを知った舅殿が怒ってな。今度の件は内々のものでなく、藩の御用が関係していたので、余計だった」

縫右衛門は、筋目を通す人なのだ。そのためか普段娘に優しい舅が、あの日は口元をへの字にした。そして、とんでもないことを言ったのだ。

「義父が、妻を里へ帰しても構わぬと言い出して」

「ま、まあ。甥っ子を子守したら、離縁やなんて、あんまりやわ」

お千が口を尖らせる。布屋と孫兵衛は、顔を見合わせた。

「それがな、舅殿にとっては、突然の話ではなかったらしい。みなに子ができぬことを、舅殿はずっと気にされていたのだ」

内山家には、歳の離れた弟介輔がいるから、周りはみなに跡取りが生まれずとも、七郎右衛門へ妾を迎えろとか、余計なことを言わなかった。しかし舅は、だから子がなくてもよいとは、思っていなかったのだ。

そんなとき、甥っ子かわいさにみなが馬鹿をし、それで舅の箍が外れてしまった。

「舅殿は、新たな妻を迎えて欲しいと、わしに言ってきた」

あの日はとにかく舅をなだめ、帰ってもらった。だが話は終わっておらず、今はみなから事情を伝え聞いた弟夫婦が、困っている。まさか藩校開設の話が、兄夫婦の別れ話を引き起こすとは、思ってもみなかったらしい。そして。

「ちょうどその頃、藩で騒ぎが起きたのだ。その、歳を召した藩士が無茶をした」

「ああ、噂を聞きましたわ。銅山のお役人で、惚けたお人が、騒ぎはったとか」

大名家の金主は、早耳であった。

「それで、わしが会所で馬鹿を言った件の方は、うやむやになった」

これ以上の騒ぎは要らぬと、七郎右衛門の件は、公が握りつぶしたのだ。

「よって今、無事にここへ来ている」

お千は頷くと、七郎右衛門の目を覗き込んできた。

「それで、ご新造（しんぞ）はんのことは？　西へおいでになる前に、あんじょう収めましたんか？」

「まだ、答えを出していない」

正直に言うと、お千の目が三角になる。布屋が真面目に聞いてきた。

「おや、よっぽど応えたんかいな」

命がけで仕えていた殿と、身内である弟二人が、七郎右衛門の敵方に回ったのだ。それでも唯一、妻だけは味方になってくれる筈が、気がつくと敵方に丸め込まれていた。

「そりゃ、腹が立ちますわな」

七郎右衛門は首を横に振り、実は怒るより、気になっていることがあるのだと言った。そして今まで決して言ったことのない話を、料理屋で口にした。弟にも白状したことがないことだ。

「わしが妻を娶（めと）ったのは、二十歳代半ばを過ぎてのことだ。嫁に取ると決まっていたみなが、若かったのでな」

みなは七郎右衛門より十二も年下だ。

「よって独り身の内に、縁のあったおなごもいた。だがな」

許婚（いいなずけ）がいるのに、子が出来たと言われて困ったことは、実は一度もなかったのだ。

「だから……子ができないのは、わしのせいかもと思っておる」

舅ではないが、ずっと心に掛かっていたことだ。もし、それが真実であれば。

「今ならまだ、間に合うかもしれぬ。離縁し、既に子のある男の後妻にでもなれば、みなはわが子を抱けるのではなかろうか」

何もない時に、言い出せることではなかった。しかしみなは二十五歳で、歳を考えれば、いつまでも待てない。それに今ならば、離縁を舅が承知している。

「たとえ弟達が困ることになり、みなが一時泣いても、内山家から出してやるべきではないか。その考えが頭から離れん」

急ぐべきことなのに、直ぐに答えを出せず、七郎右衛門は西へ逃げてきた。

「情けないな」

同席の男二人は、何時になく真面目な顔で黙り込む。一方お千は静かに見つめてきた。

「いいお方なんやね。わての亭主なぞ、姑と一緒に、おなごが悪いと決めつけてきたわ」

子供の出来なかったお千は、早々に家を出されたのだ。その時のことを思い出したのか、暫く黙った後、お千は口を開いた。

「あの……七郎右衛門はんが承知なら、おなごに決めさせてくれまへんか」

「うん？」

「今言わはったこと、全部ご新造はんへ話したらええわ。その上で出るか留まるか、決めてもらえばええかと」

そうすれば今度の件は、互いに後悔だけはしないだろうと、お千は言うのだ。

「わては、己もそう出来てたらと思います」

七郎右衛門は、一寸目をしばたたかせてから、騒ぎ以来初めて笑みを浮かべた。

「お千殿は優しいおなごだな。うん、話が聞けて助かった」

「おやおや。気の強いお千師匠が優しいとは。こりゃご新造はん、子供以外にも、気を配らんと駄目ですわ」

布屋が笑うように言った。

六

天保十四年七月、隆佐や医師の中井玄仙などを世話方とし、まずは会所を学問所として使い、藩校が始まった。

七郎右衛門の屋敷からも近い大手門口に、すぐに学館を新築すると決まり、翌年の落成を目指して、大工が働き始める。隆佐達は運営の為、文字通り飛び回っていた。

大野の藩校は大いに珍しくも、藩士以外に、農民や町人達も入れると決まった。学級は甲、乙、丙の三つに分かれ、丙科は十三歳以下だ。まずは『十八史略』や『史記』、『漢書』など七つを学ぶという。

教師は惣司一名、学監、教授師が二名、助教師が三名、句読師が十名、他に事務員と門衛を兼ねている小使いが二名だそうだ。

「やはり藩校は、大きなものになったな」

七郎右衛門の耳に、寄宿生、通学生を合わせると、学ぶ者は百名を超すという話が聞こえてきた。まだ始まったばかりだが、この後藩校が大野に馴染めば、もっと人数は増えるのだろう。

隆佐は藩校構築時に、力量を示したとして、いよいよその才が高く評された。三十一歳にして、学問、軍学世話役となったのだ。

一方弟に比べ、世間が語る七郎右衛門の噂は、情けないものと化している。

(まあ、仕方がないわな。わしは皆の前で、殿へ喧嘩を売ったのだから)

それでなくとも元々、政や武道に秀でている者に比べ、金の扱いが得意な武家は、格下に見られがちなのだ。

更に七郎右衛門は、家禄の割には、多くの責任あるお役目についている。よって噂には、そのことへの不満も加わっているに、違いなかった。

(悪評が重なって役目を解かれるなら、楽になるというものだ)

弁明もせず放っておいたが、それでもお役御免にはならぬまま、九月になった。

すると。

その月、大野の城下で、とんでもない騒ぎが起きた。蟄居をしていた小泉佐左衛門が、何と自害したのだ。

その行いは、藩への叛意とされ、小泉家は大野から追放となった。七郎右衛門は、初めて目にする処分に、ただ、呆然とするしかなかった。

すると驚いたことに、この機に公が、七郎右衛門が藩校の件で行った無茶を、握りつぶした。今の大野に、これ以上の騒ぎは要らないとのことであった。城下はあっという間に、表向き、いつもの毎日を取り戻していったのだ。

九月の内に、舅の縫右衛門が出世し、政務の中心となる重臣、年寄に決まった。よって七郎右衛門は里方の者達と、舅の祝いの席を設けた。その場で、みなと席を共にできて良かったと、舅へそっと告げたところ、喜んでくれた。

その翌月、久方ぶりに公の近習久保彦助が、内山家の屋敷へ顔を見せた。部屋へ通しいつもの白湯を出すと、七郎右衛門の次に、銅山を託す者が決まったと教えてきた。

来年から何と、隆佐の年下の義兄、早川弥五左衛門が面谷の奉行になって、山の実務を背負うことになったのだ。

「七郎右衛門殿は、この十月の十五日付で、銅山頭取兼務を解かれる形になります」

ただ公は、勝手方や札場取締方など、藩の金を預かる役目は、七郎右衛門に今のまま任せると言ったらしい。少し驚いたが、大人しく頷く。

それで話は終わりかと思っていたとき、彦助が一通の書状を差し出してきた。

「殿よりでございます。宸翰、つまりこの書状、殿の御自筆にございます」

「おや、それはまた……。どうして今、それがしが頂けるのだろうか」

公が自ら文を書くことは、滅多にない。藩主のものは代筆、代読が常であり、以前、白書院へ藩士達を集めた時も、公のお言葉は家老の重助が代読しているのだ。

それゆえありがたく押し頂き、七郎右衛門はその場で書面へ目を落とした。すると、流麗なる手跡が目に入る。

『七郎右衛門へ。その方、昨年の夏より財政の改革を申しつけたところ、身命を賭し忠義を尽くしてくれている。莫大な借金もかなり片付いた。残りもおいおい、何とかなるに違いない』

（おや、これは）

時に殿が使うお優しい言葉が、文に書き連ねてあったので、七郎右衛門は思わず目を見開いた。御自筆の文はやはり嬉しく、胸にこみあげてくるものがあった。

だがそれでも、更始の令が出された時のことを、頭に浮かべもした。白書院での公のお言葉は、それは優しかったからだ。

文は更に、借金返済が終わる前に、七郎右衛門を妬み退けようとする者あらば、目付に糾明させるとまで言っていた。そして、七郎右衛門は公の最も頼りになる家臣なので、勤めに励んで欲しいと続く。七郎右衛門の取り組みが上手くいけば、きっと取り立て、子、孫まで見捨てないとあった。

（なるほど……）

書面から顔を上げたとき、七郎右衛門は口の端を引き下げていた。

「もしかしたら、こういう知らせを受けることが、あるかもと思っておった。だがこの知らせ、意外と早くきたな」

「はて？　どういうことです？」

「彦助殿、書状だけでなく、殿よりの伝言があるはずだ。何と言ってこられたのか」

正面から問うと、彦助は何故だか顔を顰め、己の膝へ目を落とし口を開かない。七郎右衛門は少し身を寄せると、小声で言った。

「殿は藩校に必要な金のことで、悩みを抱えておいでなのではないか？」

七郎右衛門が読んだところ、直筆は公からの、困り事ありとの知らせであった。彦助は頷くと、ようよう語り出す。藩校設立に必要な金は、学校の世話役達が考えを出し合い、立派に調達できるはずだったという。

「大野の藩校は他藩とは違い、藩士以外でも入学を許されます。ですから、そういう者達の親に、寄進を募ろうと考えていたようです」

殿のお手元金からも、金が出た。それで設立時に必要な金は、十分集まるはずだったのだ。

ところが。その心づもりは、藩の重役達から許しを得る前に消えた。金がかかると分かったからか、町人達は子供を藩校へ入れたがらなかったのだ。

「町で暮らしていくには、寺子屋へ行けば十分だ。そう考える者が多いとか」

勿論これからも町人へ入学を勧めてゆくそうだが、とりあえず金が足りなくなった。

かなり足りない。だが、藩校の為に新たな借金をするにしても、急なことゆえ当てがなかった。

「しかし新築の学館は、来年には出来上がる。支払いをせねばならないのです」

面扶持は来年まで続き、殿のお手元金にも余裕はない。それで。

「それでこのわしに、足りない金を何とかしろと、言ってこられたわけか」

七郎右衛門は、ため息をついた。するとここで彦助の口調が、一気にくだけた。

「七郎右衛門殿、お主がそうやって、口をへの字にする気持ちは分かる。藩内で、藩校の世話役達は功を認められておる。かたや、殿へ分を弁(わきま)えぬことを言ったと、七郎右衛門殿は酷い言われようだ。あげく、銅山用掛頭取のお役を降りることになった」

それもこれも、藩校の費用ゆえだ。七郎右衛門は会所で当人達へ、払いは藩校に関わった者達でしろと言っている。止めたのに好き勝手をし、後でその払いを押しつけられては、たまったものではない。

ただ。彦助は真っ直ぐこちらを見て言った。

「それでも七郎右衛門殿、お主が金の算段をして下され。腹が立とうが、うんざりしようが、関係ありませぬ。お主の役目だ」

「なぜ？」

余りにきっぱり言われたので、思わず問い返した。すると返答する前に、彦助が歯を食いしばったのが分かった。

「殿は……他の者へお頼みにならなかった」

勿論、元々藩校の金を切り回す筈であった世話役達とは、一度話している。だが、彼らには金を作れないと、判断するのも早かった。家老である重助は、自分から適任ではないと言った。そして。

「殿はそれがしに、考えを問われることなどないのだ。多分、この先もない」

公は彦助に忠義と、ほっと出来る話を求めている。信頼してくれている。ただ。

「わしに、藩政について聞いたりはなさらぬ。藩の財が危ういとき、他の誰でもない、お主ならばことを成せると、言って下さることもない。多分、生涯ない」

彦助は九両三人扶持、下士（かし）の家に生まれた。近習として藩主に仕えている今の立場が、過分なものだと分かっている。自分は公に、目を掛けてもらっているのだ。だが。

「七郎右衛門殿、わしはそれでも、お主が羨ましい」

近くにいても、利忠公は彦助の言葉で、己の考えを左右することはない。だから近習とはいえ、藩内で彦助のことを気にする者は、ほとんどいなかった。影の薄い男だと言われている。

対して七郎右衛門や家老の重助には、いつも誰かの目が向けられていた。悪口も山と積み重なる。その考えが藩を動かすからだ。

「そうであろう？」

「彦助殿は、誰ぞの悪意を向けられ、銅山から突き落とされたいのかな？」

軽く言ってみたが、彦助は躱したりしなかった。七郎右衛門の目を見据えつつ、また繰り返す。

「この言葉を疎ましく思われようが、知らぬわ。今、大野で、金の困り事が起きている。それはお主が、何とかすべきことなのだ」

藩校にかかる金を用意しろと、彦助が頑固に言ってくる。その上己の手の中には、利忠公の御自筆があった。

「このお役目からは、逃げられぬのか」

思わずつぶやくと、彦助が何度も頷き、七郎右衛門は天を仰いだ。

七

とりあえず新築された建物の費用は、藩の諸費から細かくかき集めることにした。集める額が大きかったので、大層な手間がかかった上、金を回せなくなった先から、何度も文句を言われて参った。

だがとにかく五日の後、金の算段をつけ、七郎右衛門は重助の屋敷を訪ねた。そしてその時、藩校の毎年の掛かりをどうやって出すのか、ついでに話し合っておいた。

藩校には生徒が集うゆえ、始めたら簡単に無くすわけにはいかないからだ。よって必要な金は、毎年藩へ入る金の内から、一定額出すのが良かろうと、七郎右衛門は考えを告げた。

「もしくは、いっそ藩校に禄を付け、その金でやっていくのも上策でしょう」

「承知した。いや七郎右衛門殿がいれば、何とかなるものだな」

「ここまで持っていけば、御家老が形にして、片付けて下さいますから」

　利忠公の頼れる片腕は笑っていた。

　藩校は翌弘化元年出来上がり、利忠公により『明倫館（めいりんかん）』と名付けられた。そして後に禄百石を寄贈され、最初は隆佐が預かることになったのだ。

「やれ終わった。良かった」

　面扶持の中、地味な正月が終わった。時は流れ出すと早いもので、今年いっぱいで面扶持も終わりとなる。そのことを、公が五月に江戸へ向かわれる前に、藩士達へ伝えると決まり、残る借金の額などを確かめることになった。勝手方は年明けから、一段と忙しい。

　そんなある日、七郎右衛門はたまたま隆佐と一緒に、暮れかけてから城を出た。そのとき不思議なことに、亀山にまた、小さな明かりを見つけた。

「おや、あの明かりは前にも見たぞ。何の明かりなんだ？」

「明倫館でも、あの明かりを見たと言っていた者、いましたよ。兄者、山へ天狗（てんぐ）でも来たのではないですか？　それとも御公儀が、忍者のお庭番でも、大野へ寄越したのですかな」

「はは、まさか。大野を探っても、何も見つけるものがないぞ」

共にくたびれている二人が、山へ確かめに行こうと言わない内に、明かりは消えてしまった。二人の話は直ぐ、藩校のことに逸れていった。

そして、利忠公が江戸へ向かう日も近づいた、五月のこと。勝手方の部屋から退出する刻限になって、七郎右衛門は城で突然、重助から呼び出された。

「御家老の用件が分からぬ。何やら怖いな」

久方ぶりに城へ顔を出すと、白書院と違い、内々のことに使われることが多い黒書院へ通された。そしてそこには、利忠公や主立った重役方が顔を揃えていたのだ。

(これは、余程のことが起きたのだろう)

身構えていると、同じ部屋に、面谷奉行となった早川弥五左衛門も現れる。ここで挨拶も早々に、重助が口を開いた。知らされたのは、思いもよらない凶事であった。

「五月十日のことだ。江戸にて、大きな火事があった。江戸城本丸が燃え落ちたそうだ」

「何と。あの大きな本丸が、焼失?」

七郎右衛門は顔を強ばらせる。

江戸城は、大野の城とは比べものにならないほど、巨大な城郭であった。西の丸を除いた本丸のみでも、大野城より遥かに大きい。重助によると、火事の後、公儀から諸藩へ、本丸復旧のお手伝いが言い渡されたという。

「その額だが、大野藩が出さねばならぬのは、二千両と決まった」

「に、二千両？」

近くで弥五左衛門が、何時になく高い声を出し、慌てて頭を下げている。七郎右衛門は、己が城へ呼ばれた訳を知った。多分藩の重役達は、その二千両をどうやって揃えればよいのか、既にさんざん話し合い……おそらく、まだ案も出ていないのだ。それで面谷銅山の奉行と、勝手方の七郎右衛門が、城へ呼び出されたのだろう。

（参った。しかし今回の件は、誰のせいでもないな）

ここで七郎右衛門が目を向けると、重助が、何か考えがあるのかと問うてくる。

「考えと言いますより、困った点が思い浮かびました」

この二千両だが、先に面谷銅山の為に借りた三万両に匹敵するほど、重い金かもしれないと、七郎右衛門は言ったのだ。

「それは、どういうことだ？」

部屋内の目が、七郎右衛門に集まる。

「銅山の為、幕府よりお借りした三万両ですが、十年での返済です。よって年に三千両と利息を、割って返しております」

だが今回は、直ぐに本丸を建て直さねばならない。つまりだ。

「大金だからといって、割っての支払いは許されますまい」

そして利忠公が参勤交代で、江戸へ向かう時期が迫っている。江戸へ着き、残った西の丸へ到着の挨拶に伺うとき、千両箱二つ、いつ幕府へ払えるのか答えられねば、公は困った立場に立たされるだろう。重助が頷いた。

「そうだな。そしてそれだと……二千両用意するのに、あまり間がないぞ」

目付の目が、弥五左衛門へ向かう。

「銅山奉行、二千両、銅の売り上げから出せるか？」

「あ、あの。急にそう言われましても。とてもその、全部は無理かと」

弥五左衛門が、今年の借金返済分が少しは貯まっていると言うと、不安げな声が重役の中から上がった。

「おい、その金を使って大丈夫か？　面谷の借金は、真っ先に返さぬと拙かろう。銅山を幕府へ取られてしまうぞ」

「だが、ならば二千両を、どうやって用意したらよいのだ？」

既に繰り返されてきただろう堂々巡りの話を、重役達はまた始めている。新たな考えが出ずにいるとき、縫右衛門が、七郎右衛門の考えを聞いてきた。

「お主は財のことに強かろう。良き考えはないか」

すると。驚いたことに、ここで公が口を開いたのだ。

「縫右衛門は舅ゆえ、関係なかろうがな。先に藩校の件で、七郎右衛門は、随分と悪口を向けられたようだ」

だがあの後結局、藩校の金の始末は、七郎右衛門がつけている。よって今回、もし七郎右衛門の考えに反対するなら、別の案をきちんと述べよと、公は釘を刺してきたのだ。

座が静まると、公は七郎右衛門へ、お主が二千両作れと、はっきり言ってきた。

（やはり、そうなるか）

それで七郎右衛門はまず、思い切り申し訳なさそうな顔つきを、作ってみせた。

「一つ案がございますが……その、ここにお集まりの皆様に、ご迷惑をおかけするやもしれませぬ」

「おお七郎右衛門、もう案が浮かんだのか」

「今回はその、あれこれ選べるほど、道がございませんので」

頭を下げてから話し出す。

「先程弥五左衛門殿は、面谷銅山でも、急に二千両もの金子は、用意できないと言われました。確かに無い袖はふれませぬ」

だが他に当てはない。となると、だ。

「わが殿、ご相談でございますが。幕府へ出す二千両分の内、そう千両分程、金子ではなく、銅で納める訳にはまいりませんでしょうか」

「銅で？」

そうすれば銅を換金する時、商人が取る手間賃の分を節約できる。頼み込んで大坂へ送る銅の納期を遅く出来れば、その間に産出した銅を、幕府へ差し出すことも可能なのだ。

「掘大工達の取り分を増やし、いつもより長く働いてもらうことも出来ましょう」

それに本丸を建てるとき、建物にも銅を使う筈であった。

「幕府にとっても現物で銅をもらえば、節約になると存じますが」

売り買いがあると、その時商人は必ず利を得る。そこを削れるのだ。

「なるほど」

重役達が一斉に頷いた。だが七郎右衛門はこの時、厳しい顔つきになる。

「ですがこのやり方をしても、あとの千両を用意出来ませぬ」

ここで、集った重役達の顔と人数を確かめると、七郎右衛門は懐から紙を出した。そして皆の名を書き連ね、少し首を傾げてから、横に数字を書き入れてゆく。

それから列座の方々へ、こう告げたのだ。

「幕府へ納める千両分が、足りませぬ。よってこの分は領民に、お願い金として出してもらうしかないと思います」

「せ、千両もか？」

皆の目が、己の名の横にある数字に向く。

「勿論、一人で千両など出せはしますまい。ただ千両も、大人数で分ければ少なくなります。なるたけ細かく分けましたので、皆様、懇意の商家などにお頼み下さい」

七郎右衛門は、列座の方々ならば出来るはずと励ました。

「江戸城本丸が燃えたことを、借りる相手に、ここだけの話だと言ってお伝え下さい」

事情を承知し、殿の為と頭を下げられれば、数十両出してくれる者は多かろう。七郎右衛門がそう口にするのかと、商人に頭を下げるのかと、不満げな声が漏れた。

だが。黒書院に集った者の内、ここで重助が真っ先に承知した。縫右衛門も続いてくれた。とにかく時もないので、じきに重役方も頷き、二千両が形を現してゆく。

公が、いつもの怖く綺麗な笑みを浮かべ、部屋にいる者達をねぎらった。一同は早々に座を辞し、金を集めるため城から出て行く。最後に、屋敷の近い弥五左衛門と重助が、七郎右衛門と共に上大手門へ向かった。

そして三人のみになったとき、重助が不意に、横で笑ったのだ。

「七郎右衛門殿、お主、今回はわざと千両分、重役達に金を作らせたな」

「えっ、は、はあっ？」

弥五左衛門が目を丸くし、こちらを見てくる。七郎右衛門は落ち着いた口調で、まさかと言ったのだが、重助は考えを変えなかった。

「藩校の件では、重役方もお主に、随分厳しいことを言っていたからな」

七郎右衛門としては、うんざりする話であったろう。

「あのっ、いやその件では、済みません」

隆佐の仲間である弥五左衛門が、横で顔を赤くしている。

「ふふ、お主はこの機会に、金のことを少々、重役に学んで頂くことにしたのだろう」

「御家老、まさかそのようなこと、してはおりませぬよ」

七郎右衛門は笑った。面谷から全額出すには、本当に時が足りなかったのだ。それに。

「これからもいつ、何が起きるか分かりませぬ。あの銅山に、出せるぎりぎりまで金を用意させることは、したくないのです」

よって列座の方々が、頑張る話になったのだ。

「それにしても」

ここで七郎右衛門は、重助へ笑みを向けた。

「殿と御家老とそれがし。やっと何となく、かみ合って来ましたでしょうか」

今回の二千両の件など、七郎右衛門一人が重役方へあれこれ言っても、通る話ではなかった。あの場を重助がとりまとめ、その背後には利忠公がいて下さったので、あっさりことが決まったのだ。重助が頷く。

「殿も喜んでおられた。この分だと、七郎右衛門の力を借りやすしと踏んで、もっと色々なことを始められるかな」

「殿は改革を続けられる。もう諦めております。しかし二千両、これからかき集めるところです。暫くは手加減して下さらねば」

大分日暮れが遅くなっており、夕刻の日を受けた亀山が、まだ美しく見えた。すると七郎右衛門は、首を傾げたのだ。

「あ、今日も見える。あれは一体……」

どうしたのだと問われて、重助と弥五左衛門に、明かりが見えたと山の方を指さす。二人とも、星明かりのように小さな光を見たが、直ぐに消えてしまった。

「はて、何なのだろう。暮れてくる刻限、亀山に誰かが登っているとも思えぬが」

重助が言うと、弥五左衛門も頷き、七郎右衛門は首を傾げた。すると弥五左衛門が、光よりも目の前のことが大事とばかりに、銅の、増産のやり方を相談してくる。七郎右衛門はそのまま、光のことを忘れていった。

八

翌年の弘化二年二月、隆佐が飛び地西潟の代官になり、そちらへ向かった。

面扶持が続いたゆえ蓄えもないだろうと、七郎右衛門が写本で得た金を持たせたところ、弟は今にも泣きそうになった。そして何故だかその時になって、藩校の件を謝ってきたのだ。

「学校を、何としてもやりたかったのだ。止められたくなくて、嫌なやり方をした。済まなんだ、兄者、済まなんだ」

繰り返し言われたので、察しはついていたと言い背を軽く叩いて、七郎右衛門は弟を送り出した。殿が帰国される七月まで、この年は城下が一層寂しいだろうと感じていた。

もっとも江戸城本丸焼失の件以来、さしたる騒ぎもなく、もう一年以上毎日は平穏だ。更始の礼より三年が過ぎ、やっと去年面扶持も終わった。よって、まだ藩よりの俸禄借り上げはあるものの、さすがに暮らしは楽になっている。

大野の地ではいつにないほど、心穏やかな日々が続いていたのだ。

そして。

そして……。

「きええええええっ」

ある昼下がり、屋敷近くの道で、気合いと共に叫ぶ声を聞いたとき、七郎右衛門は何が起きたのか全く分からなかった。ただ、その声と共に剣呑な何かが、一陣の風を伴い、叩きつけられてきた。

咄嗟に身を躱した。それが出来たのは、文武両道を良しとする利忠公に、仕えていたおかげだ。

殿のお側近くに勤める大小姓達は、皆、己を鍛えている。七郎右衛門には、弟介輔のような剣の才などなかったが、それでも刀は一人前に扱えた。若い頃身につけた剣の技だ。大野へ帰った後は算盤を持つことが増え、もう鍛えることもないと思っていた刀が、突然己の命を救ったのだ。

がきっと硬い音がして、抜きかけた刀で相手の抜き身を受け止めた。七郎右衛門は一瞬、飛び退いて相手を見た。

襲ってきた者は笠で顔を隠していたが、何故だか見知った者のような気がして、思わず見つめる。城の直ぐ近くで刀を抜いてきた者に、七郎右衛門は、正気がすっ飛んだ者のような恐ろしさを感じた。すると。

ここで男は、何故だか七郎右衛門の前から駆け去ったのだ。その背を目で追った途端、道の先に見慣れた姿を見つけ、顔が強ばった。重助が己の屋敷の近くを歩いており、突然の騒ぎを聞きつけ、こちらへ目を向けていた。

「御家老っ、お逃げ下さいっ」

死にものぐるいで叫んだ。

七郎右衛門より十一年上の重助は、先代藩主の大小姓を務めているので、利忠公の御命で武を鍛えられたことがない。江戸では竹光(たけみつ)を差している武士も、結構いるご時世であった。抜き身での立ち合いなど、したことがない筈なのだ。

（拙いっ）

七郎右衛門は、己も重助の方へ駆けつつ、大声で怒鳴った。

「くせ者だっ。誰か来てくれっ、早くっ」

直ぐに大手門口前にある藩校から、足音が近づいてきたが、ひどく遠くに思えた。

（間に合わないかっ）

抜き身を構えた男が、重助に斬りかかっていくのが見えた。

七郎右衛門は咄嗟に石を拾い、刀を振りかぶった男へ投げつける。男はそれを弾き、わずかな間が生まれた。しかし七郎右衛門が迫っているのに、男は直ぐにこちらへ背を向け、重助へ向かってゆく。

（あやつ、御家老一人を狙っているのか？）

「兄者っ、何事ですかっ」

大声がしたので、男と重助の方を指さした。

直ぐ後ろから介輔と岡田求馬が駆けてきて、あっという間に七郎右衛門を抜き去る。二人は男を挟んで立つと、見事にその刀を受け止めた。共に十九歳の介輔達は、七郎右衛門よりずっと強い。男を両人に任せ、七郎右衛門は重助へ駆け寄ろうとした。

だが、その時。

笠を被った男が、思わぬ動きに出た。目の前にある求馬の刀を無視し、多分斬られるのを承知で、抜き身の刀と共に重助の方へ駆け出したのだ。

求馬がその背をなぎ払った時、男が向き直り、求馬の足へ刀を向けた。がくりと膝をついた求馬から、男は一気に離れて重助へ寄る。男の背が、赤く染まっていた。

「御家老っ」

七郎右衛門の声が響く中、重助は咄嗟に己の刀で一撃を受け止めたが、大きくよろけた。

「くそっ」

七郎右衛門は、死にものぐるいで重助との間に割って入ろうとした。介輔が、こちらへ来ているのも分かったし、藩校からは更に何人もが走り出てくる。

だが。それでも七郎右衛門達と重助の間には、越えられぬ隔たりがあったのだ。ほんの少し、男の方が重助に近かった。

そして、既に己の身を赤く染めていた男は、なりふり構っていなかった。がっと妙な音がして、手を伸ばせば触れられそうに思える先で、重助が脇腹を押さえ、倒れ込む。更に刀を向ける男へ、七郎右衛門は抜き身を構えて飛び込んでいった。人に、本身(ほんみ)で斬りかかったことはなかった。しかし迷う余地がない。合わさった刀が、短く鳴った。斬られているからか、男がたたらを踏む。だがそれでも男は重助へ向き直った。

そこへ、七郎右衛門が体当たりを食らわすと、重助を刺そうとしていた刀が、地面に振り下ろされた。男はまたもや構え直したが、その時介輔が後ろから現れ、男の刀を弾き飛ばし、地へ叩き伏せた。

「よくやった。殺さなんだのはよい」

ここで脇腹を押さえた重助が、途切れがちな声を出す。七郎右衛門は振り返ると、駆けてくる者達へまた大声を向けた。

「医者をっ。中村岱佐(たいすけ)殿を呼んでくれっ」

多くの若者達が、藩校へ駆け戻った。

九

「運が悪かったとしか……」

医者として、岱佐が言った言葉が全てだと、重助の枕元で七郎右衛門は思った。

重助が斬られたのは、一度きりであった。だから、大した怪我をしなかったことも、有り得たはずなのだ。げんに求馬は、男に足を斬られたが、こちらは程なく治ると言われている。

ところが重助の方は、その時の怪我で大きく身を損ね、屋敷で寝たきりとなってしまった。七郎右衛門は毎日屋敷へ通ったが、公のおられぬ間、国を背負っている家老の具合が、日に日に悪くなっていくのが分かった。

「わしは怪我をしたのではなく、病だ。江戸の殿へは、そのように知らせを送った」

重助がそう決めた。国家老が斬り殺されたとあっては、幕府の厳しい目が、大野へ向けられかねないからだ。己の命について語る重助に、大野にいる藩士達が従った。

だが。

七郎右衛門は彦助を介し、公へ委細を知らせる文を送った。名を出さぬように気をつけつつ、それでも無茶を承知で、公へ懇願した。

(お願いです。早く大野へお戻り下さい。御家老に……一目、会って下さい)

この世から去る前に。そう覚悟するしかない具合だと、嫌でも分かってきていた。

(弁えぬお願いだと、分かっております。それでも殿、一日でも早く大野へ)

己で何通も文を出しておきながら、しかし利忠公が勝手に動けないことを、七郎右衛門も承知している。参勤交代は、気ままな物見遊山の旅とは、そもそも違うものなのだ。

生国から江戸へ向かう月も、江戸から帰る日も、幕府は承知している。それを違える のは大事であった。

行列を組んで大人数の旅となるから、途中、通る道や泊まる宿まで決まっており、それが簡単に動くはずもない。しかも道中、川が増水すれば、渡ることも出来ず先へ進めなくなるのだ。

それが分かっていて、七郎右衛門はなお、懇願の文を出し続けた。そしてその中に重助の、日々の様子を書き連ねる。他の重役達や身内が、そんなことを公へ送るはずもなかったからだ。

暫くして、義父の岡嶋縫右衛門が、七郎右衛門と共に重助を見舞った。そして、襲ってきた者が誰なのか分からねば、ずっと気になってしまうだろうと言い、重助へ子細を話した。

「御家老、あの男は捕まった後、程なくして死に申した」

斬られていた為か、ほとんど何も喋らず、息を引き取ったという。ただ。

「男を知っておる者がいてな。事情の察しはついた。あの男、大野藩に縁ある者であった」

先に騒動を起こした、山役人の小泉佐左衛門。当人は自死し、息子一家は藩を追われることになった。

「その時一家と一緒に、遠縁の者も藩を出ていた。一緒に暮らしていたのだな。御家老を襲った男は、そやつだ」

　禄を離れた小泉家に、多くを養う力などなかったようだ。一人前の年になっていたので、男は大野から出た後、小泉家からも離れたらしいと、縁者が承知していた。そして。

「男は食い詰めて、大野へ戻ってきた。それであの男は、小泉家への仕置きを決めた重臣の長、御家老を襲ったのだ」

　七郎右衛門は屋敷が近いゆえ、巻き込まれたのだ。聞き終わると、床から重助のしわがれた声が聞こえてきた。

「ああ……禄を離れた武士は弱いな。人を襲うほどに、弱い」

　そういえば七郎右衛門と、亀山に明かりを見たことを、重助が思い出す。

「あ奴、山に身を隠しておったのかもな」

　大野城下では、見慣れぬ者の顔は目立つ。一旦出て行った者が舞い戻れば、直ぐ噂になっただろう。

　しかし山にいて、重助や七郎右衛門を襲うまで、人目につかずにいたのだ。七郎右衛門は、気になっていたのに山へ足を運ばなかったことを、ひどく後悔した。

「御家老を逆恨みしても、明日が開けるわけもないでしょうに。大野まで旅する路銀があり、人を斬る刀があるのなら、それを元手に、小商いでもすれば良かったものを」

　誰もがそうやって、必死に生きている。残った銭を、人を殺める(あや)ことに注ぎ込んだ男を、哀れとは思えなかった。その男に斬られ、目の前で重助が死のうとしていた。

すると、縫右衛門が屋敷を辞した後、重助が布団から手を出し、残っていた七郎右衛門の手首を摑んできた。

「わしは程なく大野を去る。もう、何日も保たぬだろう。七郎右衛門殿、殿を頼む」

才あり、志も高く、仕えられたことを誉れに思う殿だと、重助は低い声で語る。ただ。

「若い頃のお主が、言っていたことは当たっておる。殿には、信長公に似たところがおありだ。才気があるゆえ、無茶が止まらぬことがある。危うさもある」

己がずっと傍らにいて、支えるつもりであったと、重助が口にする。しかし、だ。

「もはやわしは守れぬ。久保彦助では無理だ。縫右衛門殿は……殿より随分年上だ」

お主が生涯をかけて殿を守れと言われて、七郎右衛門は咄嗟に返事が出来なかった。命が尽きかけようとしている重助の、願いであった。なのに、頷けない上に、言葉も出てこない。手首を摑まれたまま振り解けず、七郎右衛門は正直に白状した。

「御家老、わしは……時々殿が怖いのです」

「こわい？」

「命がけでお仕えしても、何一つ届いていないような、怖さに駆られるのです。側にいるのが、時に辛くなる」

重助がいれば間に入ってくれようし、そんな思いから立ち直る間も持てるだろう。だが七郎右衛門一人が残されたのでは、とてもではないが、支え続けられるとも思えなかった。

「七郎右衛門殿、それでも他に人はおらぬ。例えば才があっても、隆佐では駄目なのだ。殿と二人で無茶をし、つき進み、揃って抜き差しならなくなろう」

苦笑と共に頷くと、ここで七郎右衛門は重助へ本音を告げた。

「わしは殿が……大野へ早く戻られることを願っております。伏せっている御家老に会ってほしいと、文で勝手を言いました」

公の姿を見ればきっと、治るに違いない。彦助殿への文に、そう書き連ねたと言うと、重助が目を見張った。

「文はとうに殿へ、届けられているはずです」

なのに殿はまだ、大野へ帰ってきて下さらない。重助が、殿と始めた改革の果てに、亡くなっていこうとしているのに、だ。

「七郎右衛門殿、早い帰国は……無理だ」

「御家老、重々分かっております。ですがそれでも、後から下さる文では駄目なのです」

殿が寄こして下さっている医者でも足りぬ。金でも補えぬ。

「今は殿が始めた、藩を新しくするための、合戦の最中ですから」

だから。

「もし殿が、中村家へ顔を出されたら、その時御家老が、またお命じ下さい。それがしの残りの生涯、殿に差し出しましょう」

つまり重助が生きている内に、公がこの家へ現れねば承知は出来ないと、七郎右衛門は言い切ったのだ。重助は咳き込みつつも苦笑し、今は六月の末、利忠公はまだ江戸にいるだろうと口にする。

七郎右衛門は、にこりと笑った。

「御家老が、頑張って良くなられるという手もありまする」

いつも公は七月に大野へ帰る。重助が八月まで生きていれば、間違いなく会えるのだ。

「その内、怪我も癒えてくるかもしれません。ええ、それが一番良いです」

「そう、都合良くはいかぬよ」

とにかく重助は蒸し暑い季節の中、暫く身を保った。そしてじき、江戸の留守居役より縫右衛門へ、殿が大野へ発たれたと知らせが入る。六月も半ばを過ぎた頃のことであった。

「殿も、急いで下さっておる」

中村家へきた縫右衛門から知らされ、涙が出るほど嬉しかった。ただ重助の具合は一層悪くなり、医者の眉間に深い皺が刻まれるようになっている。

「今回行列は、どちらの道を通るのでしょうか」

七郎右衛門が舅に問うた。大野藩は参勤交代で、中山道を通るときと、東海道を通るときがあるのだ。十回の内、六回が東海道を使うくらいの割であった。

「今回は、東海道を通るとのことだ」

「それは良かった。義父上、東海道を通れば、三日ほど早く着けるかもしれませぬな」

川止めにあったりしなければ、だが。しかしそれでも大野へ行列が戻ってくるまでには、半月ほどは掛かると思われた。

「御家老の具合が、これ以上悪くならねば良いのですが」

「毎日暑いからのぉ。余り食べられぬと聞く」

七郎右衛門は塩屋などの商人に頼み、少しでも病人が食べられそうなものを、届けてもらった。

目が覚めれば話をする重助だが、普段は好きな瓜も卵も、なかなか喉を通らない。

「後少しで、殿が戻られます。御家老、殿へ遅いと文句を言わねば」

「はは、そうだな」

初めは力のあった返事が、五日が過ぎ、八日が過ぎると、返ってこない時が出てきた。

七月になると、医者の中村岱佐が朝から重助の屋敷に詰めた。あと数日で殿が帰るというのに、そこまで保ちそうもない。

日が沈んだが、今日は七郎右衛門も中村家の家人に頼み、重助の部屋に居続けた。それほど、様子が悪くなっているとも言えた。

（朝まで、保ちますかどうか）

岱佐の言葉が頭を巡る。行灯（あんどん）の火が、今日はいつもより揺らぐように思えた。

すると、夕刻のこと。

七郎右衛門は急に立ち上がり、中村家の暮れかけた庭へ目を向けた。何事かと、岱佐が横から顔を向けてくる。しかし、きちんと訳を告げることすら出来なかった。

障子戸を一杯に開けた。

ただ、名を呼んだ。

「殿……」

「えっ？　お、おおっ。殿、一体どうして」

縁側のところで草鞋を脱いでいる姿へ、岱佐も呆然とした目を向けている。利忠公はさっさと部屋へ入ると、目を瞑(つむ)っている重助を見てから、横に立つ七郎右衛門へ言った。

「わしは今、参勤交代の行列の内におる。そういう話になっておる」

「は、はい」

「駕籠(かご)に、彦助を放り込んできた」

「おおっ」

利忠公らしいというか、いざとなると、とんでもない力業を使う。だがその無謀が嬉しくて、七郎右衛門は泣きそうになった。

「御家老、殿がおいでになりました。無茶を山とされて来られました。御家老、一言、必要ですよ」

七郎右衛門が声を掛けると、待っていたかのように、さっと重助の目が開く。公は頷き、城の奥の間で、いつもの話し合いでもするかのように、落ち着いた声を出した。

「重助、七郎右衛門が文を山と送って寄こしたぞ。お主の様子が、毎日書かれていたな。

江戸まで文を送る金がよくあったものだと、彦助が呆れておった」

　公に言いつけられたので、辞書の写本を、売り払ったのだと告げる。

「あれは、金になりますゆえ」

　重助が、寝床の中から弱々しく笑った。

「殿、わしは戦いに、勝ちを収めましたぞ」

「おお、何に勝った？」

「七郎右衛門殿に」

　もし利忠公が、重助の息がある間に中村家へ顔を出したら。七郎右衛門へ命じても良いということになっているのだ。

「約束だ。命じるぞ。七郎右衛門殿、残りの生涯を殿に差し出しなさい」

　その声が余りにもか細くて、七郎右衛門は涙をこぼしそうになり、急ぎ頷いて誤魔化した。家人達や岱佐が袖で顔を隠している。公は一人笑うと、七郎右衛門を見てきた。

「そういう話があったのか。では重助、喜んでもらうとしよう」

「殿、七郎右衛門殿は生きて口をきく、打ち出の小槌でございます。放してはなりませぬ」

　この小槌、時々気が小さくなったり、出すものがなくなったと慌てたりする。だが、役に立つこと間違いなしだというのだ。

「わしは、お役に立てなくなりました。よって、その代わりに」

「なんの重助、まだまだお主にはいてもらわなくては。これからのことを話そう。なんなら、夜が明けるまで語ってもよいぞ」

「殿が見送って下さるか。それは贅沢なことです……」

重助は公の言葉を耳にして、嬉しそうに見えた。一度眠りについたが、また目をあけ、それが意外だと言って笑った。

「次は、目を覚まさぬと思います。殿、わしは良き一生を送りました」

「阿呆が。それではあの世へ行ってしまうようではないか」

「お叱りを受けるのも、これで最後かと」

重助はそんなことすら嬉しそうに告げ、七郎右衛門はもう何も言えなくなった。

そして。公と会えたからか、六日の朝、重助は静かに大野と別れた。

(御家老、殿が始められた合戦で、名誉の戦死をとげられましたな)

重助は、二度と帰って来ないのが不思議なほど安らかな顔で、利忠公と七郎右衛門を、この世に置いていった。

五章

殿三十六歳
七郎右衛門四十歳

一

中村重助が亡くなった時から、七郎右衛門は、何かが頭に引っかかっていると、ずっと感じていた。

しかし、それが何なのかすらはっきりしないまま、時は過ぎていく。

翌年の弘化三年には、内山七郎右衛門の舅、岡嶋縫右衛門が、岡源太夫という者と共に、藩の家老に任じられた。

めでたい話ゆえ祝うことになり、一月の内に、身内の者達は岡嶋家へ集まった。七郎右衛門も妻みなと共に、祝いの酒や菓子などを持参したのだ。

岡嶋家は家老の屋敷だから、内山家などよりぐっと広いが、それでも大野にある武家屋敷は造りが似ている。家の周りには緑があり、部屋と部屋との間は、多くが襖で仕切られていた。それを外せば広間となるから、今日のように宴会を開く時は、まことに都合が良かった。

弘化元年いっぱいで面扶持も終わっていたため、膳に並ぶ料理は賑やかだ。まずは近い身内との話が終わるのを待ってから、七郎右衛門は酒を手に、縫右衛門へ挨拶に向かう。すると舅は、優しげな笑みを浮かべて杯を受け、七郎右衛門にも一献(いっこん)勧めてくれた。

「重助殿は、亡くなる前にお主のことを、打ち出の小槌だと言ったそうだな。七郎右衛門殿が、良き働きをしている故だろう」

自分もこの後、娘婿を頼りにすると言うので、七郎右衛門は深く頭を下げた。

「ありがとうございます。御家老、よろしくお導き下さいませ」

鹿爪(しかつめ)らしく言うと、縫右衛門は笑みを浮かべたまま頷く。そしてその後、大勢が集まっている宴席で、驚くようなことをした。さっと声を落とすと、口元を隠したわけでもないのに、近くにいる者にも話が漏れないような小声を作り、語り出したのだ。

そして、その話を聞いた途端、七郎右衛門は畳から飛び上がりそうになった。

「七郎右衛門殿、お主、上方におなごができたそうだな」

「えっ、あのっ、そのっ」

顔が引きつり、次の言葉が出てこない。思わず、鯉のように口をぱくぱくさせていると、横で舅が口の両端を引き上げた。初めて見る笑い方で、七郎右衛門は縫右衛門には知らぬ面もあるのだと、今更ながら思い至った。

(舅殿は……見た目の柔らかさよりも、随分手強い御仁かもしれぬ)

縫右衛門は更に、色々と語り出す。

「相手のおなごは、お千というとか。三味線の師匠で、随分色っぽいおなごらしい」

縫右衛門はお千が、七郎右衛門よりも稼いでいることまで承知していた。そして、金を掛けずともよいおなごを選ぶとは、七郎右衛門らしいと言って笑ったのだ。

「もっとも、お主がおなごを見初めたというより、あちらから迫られ、押し倒されたということだが」

そこまで言い当てられると、お千との夜が思い浮かんでしまい、顔が赤くなってくる。

「そのっ、お千は上方のおなごでして。大野とは関わりませぬ」

ぐっと舅へ近寄り、小声で告げると、分かっていると笑い、縫右衛門が頷く。

「借金を減らすため、上方への出張を繰り返すのは大変であろう。西の地に気を休める先があっても、わしは口を差しはさんだりせぬよ」

旅に出れば街道の宿屋で、飯盛り女に袖を摑まれることもある。遊郭もあるし、参勤交代で向かった江戸で、馴染みのおなごを持つ者もいる。のめり込みさえしなければ、それに一々目くじらを立てる男はいなかった。

「ただ、みなには、余計なことなど言わなくともよいからな」

舅が一言付け加えた。

妻のみなとは先年揉めたが、何度も二人で話し合い、このまま共に大野の地で、夫婦として年を重ねてゆくことに決めている。よって七郎右衛門は素直に頷き、その配慮に頭を下げた。しかし。

「御家老は驚くほど、諸事に詳しいですな。娘婿であるのに、今日初めて知りました」

「ははは。わしは亡き重助殿ほど、睨みがきく者ではない。だがその代わり、色々話を承知しておるよ」

大野の亀山で、七郎右衛門と重助が、小さな明かりを見た話も耳にしていた。幕府が関わる江戸のことや、藩の特産が売り買いされる上方の噂も、気に掛けているという。

それを聞いた七郎右衛門は、話がどこから漏れたのか分かった気がした。

「御家老は今回の件、藩の金主からお聞きになったのですね。つまり布屋、いや布屋の奉公人孫兵衛が話したわけだ」

お千と七郎右衛門の繋がりを知る者は、本当に少ない。大野で利忠公と対立し一番弱っているとき、七郎右衛門はお千の胸に受け止められ……それをはね除けられなかったのだ。その事情を知る者のうち、大野と繋がりがあるのは、大野藩の金主布屋か、その手代しかいなかった。

「ですが布屋は、今、それがしと大喧嘩はいたしません。一緒に商いをしようと、何故だか盛んに誘ってきておりまして」

「おや、それは知らなんだな」

「となると、残りは孫兵衛でございましょう」

孫兵衛は店の主になりたがっていたから、一国の家老と縁を持ちたいのかもしれない。縫右衛門と七郎右衛門を比べれば、どちらが重いかは明らかであった。

七郎右衛門は、思わず拳を握りしめる。

「あの阿呆。そのうち返礼をせねば」

縫右衛門は、手加減してやれと言い、笑い出した。

するとニ人が長く話していたからか、ここで親戚達が声を掛けてくる。

「おお、新たな御家老と、勝手方の幹理が小声で話とは。また、金の要る話が出てきましたかな」

さては和蘭より伝わったという新式の大砲の件かと、まずは、みなの従兄弟が口にする。公は先年、重助が亡くなった後、高島流の砲術に興味を示した。そして西洋流砲術を習得した幕臣、下曾禰金三郎の元に、大野藩士を入門させたのだ。

「あの後、殿は下曾禰殿に、野戦砲を鋳造させたと聞きましたぞ」

「おや、よくご存じで。大砲の件は……高くついて大変でござった」

利忠公と、再び喧嘩寸前になったことを思い出し、七郎右衛門は思わず口元をひん曲げる。なぜのんびりとした大野の地に、新式の大砲が必要なのか、未だに分からないのだ。

（誰に向け、ぶっ放すのだ？　だがいつもの通りわしは殿に負け、支払いを引き受ける羽目になったわけだ）

するとその話が聞こえたからか、周りにいた若い者らも、酔った声で口を出してきた。

「お二方は西洋医学のことも、心配なのではありませぬか？　殿は今、西洋式の病院建設を考えておられるとの噂ですぞ」

「病院？」

こちらは初耳で、魂消(たまげ)て目を見張る。すると、噂は他にも出てきた。

「それがしは、殿が外つ国(とつくに)から来た痘瘡(とうそう)の薬に、興味を示されていると聞いたが」

「煙草や絹、漆に楮(こうぞ)まで、特産品の栽培をぐっと増やすことにしたと、耳にしましたぞ」

「いや明倫館を、更に大きくされるとの話だ」

「これはまた、払いが大変だな。だが七郎右衛門殿がおいでなのだ。大丈夫であろう」

「そうだな。去年内山家は、五十石加増されておる。百三十石になったのだから、今まで以上に働かねばな」

忘れていたが、内山家の加増はめでたいことだと今更言われ、七郎右衛門は苦笑いと共に、親戚一同へ頭を下げた。改革の功ありとして、先年加増を受けてから、七郎右衛門は祝いの言葉に似せた、当てこすりを言われ続けているのだ。

「これ、止めぬか」

今日は縫右衛門が間に入ってくれたが、酔った勢いもあるのか、険のある親戚達の褒め言葉は、なかなか止まらない。

「いや我らは、七郎右衛門殿が本心から羨ましいのですよ。わしも剣の道より、金勘定に励めば良かったと思いまして」

そうすれば養子先を探さずとも、七郎右衛門の弟隆佐のように、出仕できたかもしれないと、若い顔が言う。

「聞けば弟の隆佐殿まで、一段立場が上がったとか。隆佐殿は今度、明倫館の教授兼幹事に決まったと聞きましたぞ」

「わしの息子も出世させたい。親戚なのだ。上を目指す良きやり方を教えろ。強引に引き立ててくれてもよいぞ。得意であろう」

「いい加減にしろと申すに」

縫右衛門が立ち上がろうとしたとき、七郎右衛門は手で舅を止めた。そして親戚達に、柔らかく笑いかける。

「おやご一同は、出世に興味がおありか」

「勿論、勿論」

「出世に繋がる道は、ございますよ」

七郎右衛門は、集まっていた面々に明るくそう告げた。本当のことであった。

「たとえば、今話に出た病院のことですが。新しく建てる為の代金と、続けてゆく費用をどう都合するか、考えて頂きたい。そしてやり方を書面にまとめ、勝手方に出すのです」

「えっ？」

出してくれれば自分は受け取ると、七郎右衛門は言い切った。勿論素晴らしい案であれば、ちゃんと出した者の名を添え、公へお伝えする。

「ただ、また金主から借金をするというやり方は、不可です。殿は面扶持をされてまで、藩の財を立て直しておいでですからな」

面谷銅山からも金は出せない。あちらは幕府よりの借入金を、返している最中なのだ。藩士達の禄は、既に大きく減らされており、そこからかき集める手も使えない。ゆえに別の妙案を出して頂きたいと、七郎右衛門は正直に伝えた。

「そうすれば殿も、医の恩恵を国の者達に広められると、お喜びになります。出世は間違いなしで……おや皆様、どうされたのかな」

気がつくと部屋内が静まっていたので、七郎右衛門は片眉を引き上げる。縫右衛門は隣でむせるようにして、笑いだした。

「いや方々も、早々に言い負かされるとは情けない。殿が頼りとする七郎右衛門殿に嫌みを言う気なら、もっと腹を据えて掛からねばな」

それから、さあ飲み直せと座をほぐしてから、己は七郎右衛門に向き直った。そして、隆佐殿は良き兄御を持たれたと、己も小声で付け足してくる。

(ああ縫右衛門殿は、隆佐が出世した事情も、既に知っておいでなのだな)

つまり舅は親戚達より、確かに一枚上手であった。七郎右衛門は実際、隆佐の昇進を殿へ願っていた。それは、贔屓と言われかねないことだと承知している。ただ。

「今回出世しましたが、弟はそれがしに、礼など言いませんでした」

いや隆佐から、大いに嫌な顔をされたと舅へ言ったところ、縫右衛門は首を傾げる。

「おや、どういう訳だ？」

促されたので、己の加増が決まったおり、利忠公とどういう話があったか、舅へそっと語った。そもそも七郎右衛門とて、百三十石取りになったことに内心ため息をついていたのだ。

二

重助が亡くなった後、利忠公は用ができると彦助を使いにし、七郎右衛門を城の奥へ呼んでいた。だがある日、七郎右衛門が公の御居間で挨拶をし、顔を上げると、利忠公は目の前で口をへの字にしていたのだ。

「全く困ったことだ。七郎右衛門と来たら、わずか八十石取り。その上家老、年寄、用人などの列座でもないときている」

つまり、城の奥に部屋がある身分ではないので、用があるときは、一々屋敷から呼び出さねばならないのだ。今までは重助が上手く間に入っていたが、最近は不便で困ると公はこぼした。

「岡嶋縫右衛門を家老にするが、それでも重助がおったときのようには、いかぬだろうな」

「あの、殿。それがしは城中で、勝手方の部屋にいることもございますが」

「算盤を入れておるとき、しょっちゅう呼び出したら、何が起きたのかと、うるさい噂が立つではないか。その上お主は特産品を作る為、村々をまわることも、上方へ行っていることも多いぞ」

「……殿、それがしに多くのお役目を仰せつけられたのは、殿でございます。覚えておられますか？」

真剣に問うてみたが、その件への応えはない。公はその代わりに、とんでもない決断をしたと言ってきた。

「七郎右衛門、わしはお主を出世させることに決めた。そうすればそのうち、城内の奥にいることが増えよう」

まずは禄を五十石加増し、百三十石にした上、格式を物頭（ものがしら）並にするという。要するに、大層めでたい話であったが……七郎右衛門は、にこりともできなかった。

「わが殿、そういうお気遣いは無用にございます」

良き家柄の生まれであった中村重助でさえ、家老となり、公と共に改革を進めている間は、落首や噂話、塀への落書など、様々な嫌がらせに悩むことになった。命を落とす元となったあの襲撃だとて、重い役目の先にあったことだと思う。

その上今は、諸事節約のご時世なのだ。なのに中程度の藩士である七郎右衛門が、一人加増されたら、どう言われるか分かったものではない。いや名門の生まれでもないのに、殿の贔屓で勝手をする輩（やから）だと、悪口雑言（あっこうぞうごん）が降ってくることは間違いなかった。

七郎右衛門は銅山に三万両注ぎ込んだ時、既に一度、噂の渦中に置かれている。正直に言えばもう沢山だった。

(わしが出世したら、今度は内山家の塀に、嫌な落首が貼られるだろう。介輔に頭を下げ、身を守ってもらう羽目になりかねん)

よって藩の借金を返すのに、これ以上の禄や格式は不要に思うと、七郎右衛門は言ってみた。だが主は頑固であった。

「もう決めた。新しい家老達にも、既に意向を伝えてある」

「何と……早すぎると言いましょうか、もう避けられぬと言いましょうか」

辞退しても、既に無駄であったのだ。

(やれやれ。重助殿がいなくなってから、殿は時として、まるで子供のように無茶を言われるようになった。しかもそれが増えている気がするぞ)

しかし公が変わられたという評判は、ついぞ聞いていない。つまり利忠公は、城の表で皆へ向けている顔を、変えてはいないのだ。

公には藩主として担うものがあり、それは余りに重いに違いなかった。よって今までは、重助がその重みの一端を、公私にわたり支えていたのだろう。

(だが、新たな御家老方では馴染みが薄く、そこを補えていないのだな)

よってたまに奥で会えたとき、公は七郎右衛門で気晴らしをしているに違いない。

(ううむ。殿の疲れや気鬱を晴らすのも、勤めの一つか。余り嬉しい役目ではないが)

だが七郎右衛門は公より四つも年上で、亡き重助とは十一しか違わない。重助亡き後、その役目を引き受けねばならない時期なのだろう。七郎右衛門と利忠公の間が今より近づくと、また金絡みの喧嘩が起きそうで怖いが、仕方がない。

（殿が、参勤交代で江戸へ向かわれたときは……そうだな、側に仕える彦助殿で、もっと憂さ晴らしをするよう、お勧めしておこう）

ただ、七郎右衛門は加増を受けるにあたり、一つだけ、己の方からもわが儘を言うことにした。

「殿、過分の御配慮とは思いまするが、加増のこと、御礼申し上げます」

そう言った後、七郎右衛門は弟隆佐にも、その配慮を願ったのだ。

「おや、身内の出世を願うか。己の栄達にも渋い顔をする七郎右衛門が、珍しいのぉ」

「弟には才がございますが、勝手でもあります。きっとこれからも、様々な馬鹿を重ねてゆきましょう。殿ご自身が、隆佐の無茶を好んでおられますゆえ」

例えば、明倫館という学問所を作るときも、そうであった。

「それゆえ、それがしのみが出世しては、拙うございまして。それでは弟がやったことの始末を、この先も、この七郎右衛門がすることになってしまいます」

だが七郎右衛門が一に為すべきは、公に命じられた財の件なのだ。大野の借金を無くすことこそ、七郎右衛門の最大の勤めだった。

「ですから弟は出世し、自分のやったことは、自分で引き受けて欲しいと思っております」

　勿論立場を強くすれば、隆佐は七郎右衛門に勝るとも劣らぬほど、陰口を言われるに違いなかった。七郎右衛門はこれまで、弟には無事でいて欲しくて、無理を通さなかった気がする。ただ。

「隆佐には跡取りも生まれ、丈夫に育っております。そろそろ次男の隆佐も、世間の怖さに揉まれるときが来たかと思いましてな」

「はははっ、己の尻は己で拭けということか。まあ、よいか。隆佐には本当に、目立つ才がある。働いてもらおう」

　出世すれば、隆佐の勝手は減るかと公から問われ、七郎右衛門はしれっと澄ました返答をする。

「隆佐の無茶は、止まらぬと思っております」

　殿と同じですよとは、付け足さなかった。するとその時、いつものように側に控え、話を聞いていた彦助が、口元に嫌みな笑みを浮かべたのだ。

　途端、聞いてもいない彦助の言葉が、頭の中に浮かぶ。

（ふふん、上手く話してはいるが、弟の栄達をも望んでいるだけではないか）

　その時、七郎右衛門は、以前彦助が明倫館の金の始末を、自分に押しつけてきたことを思い出した。つまり腹が立ったのだ。

（そういえば彦助殿はあのとき、言っていたよな。山と働かされ、恐ろしく悪く言われ

ているわしが、羨ましいと）

つまり彦助は、もっと働きたいに違いない。七郎右衛門は勝手にそう決めると、ここで彦助の方へ、ぐぐっと身を近づけた。

「彦助殿、そういえばお主は、もっと殿のお役に立ちたいと言っておったな。ならばお主もここで殿に、己の栄達を願えばいい。そうすれば、殿が貴殿の言葉をちゃんと聞いておいでかどうか、はっきり分かるぞ」

話を聞き、公がにやにやと笑い出す。

「おや彦助ときたら。わしが話を聞いておらぬと、七郎右衛門に愚痴を言っておったのか」

「いえ、そ、そのようなことは決して」

「殿、彦助殿はより重いご奉公を願っておいでです。よって、お側に仕える近習の頭に据え、江戸で、殿の気晴らしになって頂くのがよろしかろうと。ああ今は近習頭ではなく、書簡頭という役名になっておりましたな」

「分かった。彦助、ちゃんと聞いておるぞ。働けよ」

笑い声と共に公が言い、幾つかの出世が、あの日決まったのだ。

だが。七郎右衛門は祝いの席で、縫右衛門の顔を見ると、悲しそうな顔つきをした。

「昇進が決まりましたあと、彦助殿は何故だか、口を真一文字に引き結んでおりました」

ただ見事だったのは、公の前では決して、七郎右衛門に文句を言わなかったことだ。

「しかし彦助殿は、ちゃんとやり返してきました。隆佐へ、それがしが弟の昇進を願ったことを、教えたようで」

よって七郎右衛門は弟から、勝手に馬鹿な願いをしたと、思い切り嫌みを言われたのだ。まれな昇進の噂は、素早く広がったらしい。隆佐は早々に周りの藩士達から、慇懃無礼な態度を取られていた。ある日など、弁当に犬の糞が入っていたという。

糞と聞き、縫右衛門は杯を片手に笑った。

「ふふ、弟と、殿の側付きに癇癪を起こされ、お主もこれからが大変だのぉ。まあ、今日はゆっくりと飲んでゆけ」

「本日は、義父上の祝いの席ですのに、気を遣って頂き、ありがとうございます」

とにかく、舅へ伝えるべきことは告げた。やっと気も緩んで、七郎右衛門は己の膳の前へ戻ると、今度は妻へ一献勧める。久々に夫婦で話しつつ、ゆるりと酒を干すと、ほっとするひとときが流れだした。

(おお、隠居する歳になったとき、時々こういう日があったらいいだろうな)

贅沢な膳は無理としても、役を退けば暇は増えるだろう。

「歳を取って先々暇になったら、山の方の温泉へでも、夫婦で行きたいものだ」

いや、一度京へ行ってみるのも、良いかもしれない。七郎右衛門がそう口にすると、まだまだ先の話だと、横にいた夫婦から笑われた。

だが、みなが嬉しいと言ったので、酔いつぶれたら介輔を呼んで欲しいと岡嶋家の家人に頼んでから、二人で話し始める。何年も後のことでいい。先々どこへ行きたいか、たわいもない話をするのが楽しかった。

ところが。

そうやって寛いだ途端、岡嶋家の者が小走りに、玄関の方へ向かったのが見えた。そして程なく戻ってくると、急ぎの使いが来たと言い、縫右衛門へ文を渡している。

縫右衛門は各地の話を摑めるよう、諸方に耳の代わりを持っているらしい。文は、そういう者からの火急の知らせだと思われた。

（はて、なにがあったのだろう）

文を広げた後、舅は怖い顔つきになっている。そしてそのうち、何と七郎右衛門を手で招き、手の中のものを見せてきたのだ。

側に寄って目を落とした途端、七郎右衛門は一気に酔いが飛んでいくのが分かった。

「義父上、これは……」

縫右衛門が寸の間、黙ったままその文を見続けていると、大きな声が座に響き、更なる使いが玄関に現れたのが分かった。一旦姿を消した家人が、隣の間へ縫右衛門を呼び出したので、今までのんびりとしていた屋敷内が、ざわめき始める。

（多分、城からの使いが来たのだろう）

七郎右衛門には分かっていた。

三

城の黒書院には利忠公がおり、重臣達の多くも既に集っていた。

家老以下、用人、留守居、奉行など、主立った面々が揃う場へ連れて行かれ、七郎右衛門は正直なところ身の置き所がなく、隅で小さくなっていた。

重役達が、呼ばれもしないのに現れた七郎右衛門に、不機嫌な眼差しを向けてくる。だが新しい家老である縫右衛門が同道したゆえ、とりあえず皆、黙っているのだ。

そのうち顔ぶれが揃うと、公の許しを得て、今日は縫右衛門が場を仕切り始めた。

「ご一同、江戸より恐ろしき知らせが入り申した。この一月の十五日、江戸にて再び大火が起きたもようだ」

「何と、また火事か。もしや千代田の城が、燃えたというのではなかろうな」

座に強ばった声が響いたが、縫右衛門は首を横に振る。それから先程七郎右衛門に見せた文を、城へ届いたものと合わせて畳の上に置き、皆へ示した。

「今回の大火事は、江戸の本郷丸山より出火したらしい」

折悪しく強風が吹いており、火は上野の不忍池(しのばずのいけ)近くから海の方角、南東へと燃え広がった。湯島、神田、日本橋本町から八丁堀へ向かって焼け、やがてその南の京橋までを燃やし尽くしたという。

「火は東にも広がり、隅田川を越え、深川にまで飛び火したとか」

城の東にあった多くの町々を、飲み込んでしまったのだ。

「千代田の城へ火が移らなかっただけ、幸いでござった」

その話を耳にした途端、重役達が声を震わせる。

「湯島や神田も焼けたのか。大野藩の上屋敷はどうなった？　湯島へ移った中屋敷は無事か？」

二つの屋敷は、千代田の城と不忍池の、ちょうど中程にあった。神田川の北と南に分かれているが、どちらも火の手が向かった方角にあったのだ。

「まさか、どちらかの屋敷が燃えたのか？　今日はそれで、集うことになったのか？」

重役達は、わざわざ己達が呼び集められた訳を、察したらしい。ここで殿が、はっきりと簡潔に話した。

「大野藩の上屋敷、中屋敷は、ともに燃えたと知らせがあった」

ちょうど大野藩の屋敷辺りまで、火が広がったという。

「一度に両屋敷を失ったのだから、運の悪いことだった。屋敷にいた者達は皆、火からは逃れられたらしいが」

「お跡目の鍵之助君、いや今は利和（としかず）君と言われましたか。とにかくご無事で、何よりでございました」

一瞬ほっとした声が聞こえたが、利忠公は気遣わしげに言葉を続ける。

「江戸詰めの藩士達は、今、どうしていることか。心配なことだ」

大野藩には燃えた二つの屋敷の他に、目白台に下屋敷が、本所に抱え屋敷がある。しかし、侍長屋など藩士達が暮らす場は、残った二ヶ所には余りない。その上二つの屋敷は、江戸城からも燃えた上屋敷からも遠かった。

(拙いな)

七郎右衛門は隅で一人、唇を噛んだ。参勤交代で江戸へ向かった後、もし利忠公に、暫く下屋敷で暮らしてもらうとなると、登城する日は、公も家臣達もそれは大変だろう。大名が登城する刻限や、供の人数は決まっているからだ。しかも登城日は毎月大体、一日、十五日、二十八日が決まりで、他の、五節句などの礼式日も加えると、結構あった。

(五月、殿は参勤交代で江戸へ向かうことになる。それまでとなると……四ヶ月、あるかないかというところか)

その間に、せめて上屋敷を建て直せないだろうか。しばし真面目に考えた後、七郎右衛門は首を横に振った。

(いや、金を調達できても無理だろう)

縫右衛門が、地図に焼けた町を示していたが、今回の火事、とにかく焼けた町が多かったのだ。数多の大名屋敷だけでなく、日本橋の大店が並ぶ辺りや、組屋敷が並ぶ八丁堀なども燃えている。あれだけ多くが燃え落ちては、暫くは材木だけでなく、まずは大工や左官が足りなくなる。

（当然、大工達の手間賃は高くなるな。普請（ふしん）にも時がかかる）

　しかも焼け出された江戸詰めの藩士達が、勝手に大野藩上屋敷の普請を始めることはできなかった。金の算段がつかないからだ。

（この後、我らが大急ぎで金の工面をつけたとしても、大野からの使者が江戸へ向かうのに半月は掛かる。多分その間に、木材も大工も、江戸の大商人達に押さえられてしまうな）

　金と時と人が足りない。思わずため息を漏らしそうになったとき、ここで縫右衛門が言葉を継いだ。

「どうやって短い間に、上屋敷を建て直せばよいのか。その金を、どこから都合するか。ご一同、考えを出してくだされ。疾（と）く、藩からの使者を江戸表へやらねばならぬ」

　この先、江戸詰めの者達の暮らしをどう支えるか、この場で決める必要があった。

　皆、頷いた。しかし一昨年、江戸城が火事になった為、藩は絞り出すように二千両を都合したばかりなのだ。直ぐには案も出ず、部屋が静かになる。

　すると、やはりというか、縫右衛門がここで七郎右衛門を見てきた。

（ううむ、わしをこの黒書院へ連れてきたのは、今回も打ち出の小槌になれということなのか。しかし金はないぞ）

　上屋敷と中屋敷、両方を建てる金など、どこを捜してもないに違いない。上屋敷だけでも、算段できる気がしない。江戸にいる藩士達は、下屋敷と抱え屋敷で当分の間、過ごすやり方を考えるべきかと思った。

（正直にそう言ったら、お叱りを受けるだろうか）

本気でそう言いかけた時、用人の一人が、七郎右衛門へきつい眼差しを向けてきた。

それから利忠公へ、今回は手柄を立てる機会を、七郎右衛門以外の者に回して欲しいと、頭を下げたのだ。

（おお、またわしが動くのでは、面白くないのかな？）

七郎右衛門は思わず、笑みを浮かべそうになる。

（それは大いに助かる）

江戸の藩邸は、幕府のお膝元にあるのだ。特に大野藩の上屋敷は、千代田の城の北、大名屋敷が並ぶ地にあった。上屋敷すら建て直せないのでは、大野藩の恥になる。何とか出来る者がいるなら、己よりその男に、ことを任せるべきだと思う。

（殿とて、藩邸が焼け落ちたままでは、江戸城内でお立場がなかろう）

そこまで考えたときだ。七郎右衛門は不意に首を傾げる。

（あれ？　今、何か頭に引っかかったぞ）

何がきっかけだったのか、この場とは関係のない話が頭にひょこりと浮かんできたのだ。

（そうだ、あれだ。何か気に掛かると、ずっと悩んでいたことがあったではないか）

その何かが、こんな大変な場で、頭の中に形を作ったのだ。訳を思い浮かべ……七郎右衛門は、幕府という言葉が、きっかけとなったに違いないと分かった。
（そうだ、前々から妙に思っていたのは、以前、亀山に見えた小さな明かりのことだ。重助殿を殺した者が点（つ）けていたと思（おぼ）しき、あの明かりだ！）

　七郎右衛門が一心に考えている間に、先程、七郎右衛門の登用を嫌がった用人へ、利忠公が落ち着いた眼差しを向ける。

「この厄災から藩を救ってくれる者がおるなら、喜んでその者に江戸行きを命じよう」

　ただと、公は言葉を続けた。

「誰が江戸へ向かうにせよ、どうやって藩邸を建て直すか、考えを聞かねばならぬ」

大事なのは誰が動くかではなく、どうやってことを切り抜けるかだと公は口にした。

「上屋敷と中屋敷を作り直す費用、どのように算段するつもりだ？　わしの住まいなど簡素でよいが、今は金を出しても、江戸で大工達が集まらぬかもしれぬ。お主は、どうやって建てる考えなのか？」

　下屋敷は遠い。寝る場もないのに、上屋敷を放っておけず、焼け跡に留まっている藩士がいるに違いなかった。早く救ってやりたいと、公は言ったのだ。

「そ、それは……これから皆様と相談しようかと思いまして」

「それではお主の推挙する者に、任せるとは言えぬ」

　用人が言葉に詰まったが、七郎右衛門はその話を聞いていなかった。頭の中に、怖い考えが浮かび上がっていたのだ。

（重助殿が亡くなる前に、亀山で見えていたあの明かり。あれを見たのは、一度きりではなかったよな。随分日を置いて、わしは何度か明かりを見ている）

ならば、だ。

（あれは重助殿を襲った、小泉の縁者がつけていた明かりでは、なかったのかもしれぬ。それで、心に引っかかっていたのだ）

食い詰めて大野へ戻ってきた男が、山でのんびり過ごしたとは思えない。当人は食べるものにも困って、ことを急いでいたはずだ。つまり長きにわたって見えたあの明かりは、別の誰かが点していたはずなのだ。

「七郎右衛門殿、貴殿は火事の始末、どうすればよいと考えておる？」

何やら遠くから、縫右衛門の声が聞こえた気もした。だがこの時七郎右衛門は、他の言葉を受け付けていなかった。

（そしてあれは、大野の誰かが点けた明かりでもない。城下で暮らしている者なら、わざわざ山に入って、過ごす必要などないからな）

つまりあの明かりは、余所者が入ったという証だと、七郎右衛門は考えついた。並の旅人のような顔をしつつ、誰かが大野で、こっそり動き回っていたというわけだ。

（だが明かりを見た頃、妙な者が、大野へ来たという噂などなかったぞ）

それで七郎右衛門は、重助を襲った者が、明かりを点けたと思い込んでいたのだ。

大野は盆地で山がち、他国から訪れる者は少なく、目立つ地であった。にもかかわらず静かに大野へ入り、噂にもならずに、立ち去った者がいたということだろうか。

（う－む、一体どういう者であったら、そういう離れ業ができるだろうか）

七郎右衛門は、ゆっくりと目を見開いた。

（ひょっとしたら、もしかして）

弟の隆佐が、以前口にした言葉が、思い浮かんでくる。己でもまさかと思う、とんでもない思いつきだった。

（幕府の命で他国へ来るという、遠国御用の者ならば、静かに出入りができるかもしれぬ）

眉間に皺が寄った。遠国御用の者とは、いわゆる間者、お庭番だ。

幕府から調べが入ったというと、絵空事のような気もする。お庭番の名には、何やら怪しげで、怖いような噂がくっついているからだ。

だが実際のお庭番は、風評よりもぐっと地味な、目立たぬ役目をこなしている者たちであった。七郎右衛門は江戸で、留守居役から、そう聞いたことがあるのだ。

「七郎右衛門殿、いかがした？」

（遠国御用の者は、目当ての国へ静かに入る。そして、その地で何が起きているのか見聞きし、話を江戸へ持ち帰るという）

だから彼らは騒がない。勿論、派手な立ち回りなどもしない。そして並の時ならば、お庭番に見られて困るものなど、大野にあるはずもなかった。

ただ。

（わしが山の明かりを見たのは、小泉殿の自死や、重助殿の死が続いた頃だ。あの件を幕府へ知られたとしたら、面白くないな）

しかしお家騒動が起きたわけではなく、重助は既に亡くなり、殺されたという証はない。お庭番が大野にいたとしても、この後、藩が幕府と揉めるとは思えなかった。

「七郎右衛門殿？」

（しかし、だ。お庭番という妙な者が、本当に大野へ来ていたとしたら、なぜ来たのかを、知っておきたい。何とか分からぬかな）

だが、安穏とした大野でお庭番の話などしても、笑わずに聞いてもらえるか、七郎右衛門には分からなかった。

（今は戦国の世でない。そして大野藩は、譜代大名だ）

そんな者が来るわけがないと、重役方に決めつけられかねなかった。

ところが。今日の七郎右衛門は、いつになく頭が良く回った。お庭番が来たか否かを確かめる方法が、一つの言葉と共に、ぽんと浮かんできたのだ。その上、そのやり方に絡めて、藩邸を建て直すのに、必要な金を得るやり方まで分かってくる。

（おお、おお、いいぞ。少々危ういやり方だろうか？　だが良き案じではないか。やってみて駄目であったなら、また別の方法を考えればよいのだし）

お庭番と絡んで浮かんできた言葉は、〝大坂加番〟だ。比較的小さな大名家が、一年交代で大坂城に詰め、城を守る大番士を助けるものだ。つまり大坂城の警備を、補う仕事であった。

七郎右衛門は出仕して数年の若い頃、そのお役についた利忠公に従い、大坂へ行ったことがあった。

（あのお役目だ！　うん、それが鍵だ）

七郎右衛門がにこりと笑った、その時だ。

「七郎右衛門、縫右衛門が何度も呼んでおるだろうが。なにを一人で笑っておる！」

厳しい声と共に白扇（はくせん）が飛んで来て、七郎右衛門は久々に、公からの一撃を額へ受けた。

「い、痛……」

額を押さえた時、こともあろうに黒書院で、己がしばし呆（ほう）けていたことに、やっと気がついた。見れば重役方が揃って、七郎右衛門へ顔を向けている。口の片端を引き上げた利忠公が、怖い怖い笑みを浮かべて言った。

「一人、阿呆のように笑っておったのだ。余程良き考えが浮かんだのだろうな」

江戸の藩士達を救い、金を集める目算がついたのかと、公が問うてくる。急ぎ話を始めねば、また叱られそうだと思った。しかし七郎右衛門は、お庭番のことをどう切り出したらよいのか、まだ考えついていなかった。

「その、どこからお話しすればよいのか」

一寸言いよどんだところ、次の白扇が七郎右衛門へ飛んで来た。なぜ公が二本目の扇を持っていたのか、とんと分からない。

二度目も痛かった。

四

一月のうちに、七郎右衛門は深い雪を踏みしめ、江戸へ向かった。

そして火事の翌月の二月、七郎右衛門は焼け跡となった上屋敷で、江戸留守居役の札長右衛門と、笑顔で話していた。

江戸留守居役は、江戸城に入れる数少ない陪臣(ばいしん)であった。藩主が江戸城に入るときは、家臣で唯一、江戸城内にて藩主を支える。そして幕府や他藩との交渉では、江戸留守居役が表に立った。

上屋敷が炭と化し、それを藩士達が片付けている光景は、何かもの悲しい。しかし今日は、その様子まで明るく見えるような良き知らせを、留守居役はもたらしてくれた。

「七郎右衛門殿、幕府より利忠公へ〝大坂加番〟の命が下されました」

「おおっ、長右衛門殿、お手柄でございます。お見事でございます！」

七郎右衛門は思わず、長右衛門の手を握りしめていた。大野より急ぎの文を送り、とにかく総力を挙げ、次の大坂加番のお役目を得て欲しいと、江戸留守居役へ頼み込んでいたのだ。

「やったわ。これで上屋敷、中屋敷の建て直しに、算段がつき申した」

「何とっ、本当でございますか」

二人の話し声が聞こえたのか、江戸家老が駆け寄ってきて、七郎右衛門へ、本当に金が出来たのかを確かめる。大きく頷くと、江戸家老は急ぎ大野へ使いを出すと言い、焼け跡から走り去って行った。

上屋敷を片付けていた藩士達も、七郎右衛門達に目を向けてくる。岡一門の一人など、黒焦げの板を放り出し、二人の側へやってきた。そして長右衛門と七郎右衛門を交互に見てから、興奮した様子で話しかけてきた。

「あの、岡です。その、藩邸を再建するための費用、目算が立ったのですか。本当ですか」

自分の身内はその算段を付けられず、大野から江戸へ、寄こして貰えなかったのだと岡は言う。

「七郎右衛門殿は、どうやって金を作ったのですか。その、大坂加番に選ばれたのを、喜んでおいでですが、なぜそのお役一つで、上屋敷と中屋敷が建つのでしょう」

岡は真剣な様子で問いを重ねてくる。すると長右衛門までが、実は自分も、七郎右衛門へ聞きたいことがあると言いだした。

七郎右衛門は頷いたあと、焼けた藩邸へ一旦目を向けた。

「おや、ならば我らも焼け跡を片付けつつ、話すといたしましょうか。建て直すとなったら、片付けも急がねばなりませぬ」

「お、おお。承知した」

「焚きつけとして使えそうなものは、きちんと分けておかねば。ええと、そう、大坂加番の話をすればよいのかの」

　七郎右衛門は焼けた柱をより分けつつ、その役目についてどれ程知っているのか、連れへ問う。まずは岡が短く返してきた。

「大坂城御加番。大坂城を守る大番の加勢と聞いております。確か親戚が以前、一年大坂へ行っておりました」

　次に長右衛門を見ると、留守居役は金物をより分けつつ、もっと詳しく口にした。

「例年四名の大名が、加番として大坂城の、四つの小屋に入るものですな。小屋は山里、中小屋、青屋口、雁木坂です。鉄砲や槍、鏃の手入れや、大坂城の維持、修理などもするといいます」

　七郎右衛門は頷いた。

「とにかく大事な点は、大坂加番になれば、利忠公が七月から翌年の八月まで、まる一年、大坂暮らしとなられることです」

　つまり、大坂からの帰りに江戸へ向かうのは、いつもの参勤交代の時期より一年と三ヶ月遅い、来年の八月になるわけだ。

「おお、それは助かりますよね」

炭を運びつつ、岡が大いに頷く。

「江戸の屋敷を建て直すのに、まる一年半のゆとりができます」

大工を集めるにも、材木などを調達するにも、この差は大きかった。少し遅れていい分、費用も安くなるに違いない。

「そして大坂加番には、更にもう一つ利がありましてな」

七郎右衛門がにっと笑うと、長右衛門も承知しているのか、横で嬉しげな顔つきとなる。この勤めには幕府から、御役料が出るのだ。

「一万石余りも頂ける。心底ありがたいわ」

勿論大野から、家臣達をひき連れ大坂へ向かい、城で一年勤めるのだから、出て行く金も大きい。藩の利は、御役料の割には多くない。だが参勤交代が、金が出て行くのみであることを思えば、嬉しい勤めであった。

「大坂加番のお役は、藩が潤う。よって多くの大名家が競って願うと聞いております。それゆえ、選ばれるか心配しておりました」

七郎右衛門が言うと、長右衛門が頷く。

「今回は火事の後だからでしょうか。特に大坂加番を願う大名家が多うございました」

それゆえか選ばれる為、江戸城中にて留守居役達による、密やかで激しい戦いがあったと、長右衛門は告げる。

「それは大変でございましたな」

「実は、大坂城で大名が詰める四つの小屋の内、三つまでは、三万石以下の小大名が勤める役目と決まっております」

よって四万石の大野藩がやれるのは、五万石までの大名から選ばれる、山里の小屋勤めのみなのだった。それで山里小屋の加番は、魂消るほどの激戦となったらしい。

「なるほど。それでも大野藩が選ばれたのか」

七郎右衛門は頷き、くいと口の片端を引き上げた。それから、もう一度長右衛門を褒めた後、板の焼け残りを力ずくで二つに割る。

「二月だから江戸も寒いが、大野とは違い、大雪に埋まってしまうことはない。こうして働けるのはありがたいですな」

そう言ってから、岡を見た。

「実は、大坂加番に就けた後のことは、既に殿へお願い申し上げておる。藩邸を建てるため、御役料は節約して使って下さるはずだ」

残った御役料と、江戸への参勤交代に使うはずだった金、そして時が稼げた間の、銅山や特産品の売り上げ金、お願い金などをかき集め、何とか江戸の屋敷を建てるのだ。

「金の出所、得心して頂けただろうか」

岡は何度も頷き、まるで手妻のように思えると言ってくる。

「正直、このやり方、自分には思いつきませんでした」

すると横から長右衛門が、自分とてそうだと言って口を歪め、焦げた柱を倒した。

「おや、長右衛門殿もですか」

岡が問うと、江戸留守居役は少し困ったような顔で、七郎右衛門を見てきた。冷たい風が、焼け跡の上をゆるく吹いていく。

「七郎右衛門殿、それがしには大野藩が、大坂加番の役目を取れるとは思っていませんでした。もちろん頼まれたからには、頑張りはしましたが」

今回は、大坂加番を望む大名家が余りに多かった。中には老中、若年寄などと、縁続きの藩もあったのだ。

「だから正直に言いますと、大坂加番に決まった時、それは驚き申した。あの……大野藩はどうしてこう都合良く、お役に就けたのでしょうか」

「おや、長右衛門殿の働きが、あったればこそではござらぬか」

すると長右衛門が、苦笑と共に首を横に振ったので、岡が目を丸くしている。江戸留守居役はどこの藩でも、目から鼻に抜けるような、できる者が勤める。長右衛門は、おだてられなどしなかった。

「岡殿、実はそれがし、今回は一つだけ、いつもとは違ったことをやり申した」

長右衛門は、大野から江戸へやってきた七郎右衛門から、頼みごとをされたのだ。

「江戸留守居役ならば、江戸城内で動ける。よって城内においでのある御仁に、伝えて欲しい話があると言われました」

その話を告げる相手は、江戸城の表と中奥の間にある、時斗之間（とけいのま）勤めの中奥坊主だという。長右衛門には、訳が分からなかった。

「中奥坊主達は、中奥で雑事をこなしておる者です。身分は高くありませぬ」

そういう相手だったから、長右衛門は、そっと会うことができたのだ。わざわざ話したのは、妙な言葉であった。

「大野では先年、亀山で、明かりがたびたび見えた」

そう言ったのだ。もちろん余り唐突な話にならぬよう、長右衛門は他の話に挟んで語っている。だが明かりの話を聞いた中奥坊主は、妙な顔をしていたらしい。

「七郎右衛門殿は、どうして中奥で、そんな話をして欲しいと言われたのですか」

岡が向かいで、首を傾げている。

「その言葉には、一体どういう意味があったのでしょうか」

「そうですな、お手数をお掛けしたのに結末が分からぬと、気に掛かりますな」

七郎右衛門は他言無用と言ってから、正直に答えた。

「実はそれがし、先年、大野城下の山に、妙な明かりを見ておりました」

重助が亡くなる前のことだ。最初は、重助を襲った小泉家の者が、点けた明かりだと信じていた。大野の者が山に入る訳など思いつかず、他国者がゆく場所でもない。

「だが、その明かりの主として、ふと思いついたお役目があります。遠国御用です」

「は？　まさか」

長右衛門と岡の声が揃う。

「あの、遠国御用のお役目を務めるのは……幕府のお庭番でございますよね？」

「大野藩は、譜代ですぞ」

二人は、大野藩がそんな者から目を付けられるとは、とても思えないと続ける。

「あの、何を探りに来たというのですか」

問うので、分からないと正直に答えた。ただ大野へお庭番が来たかどうか、確かめるすべはあると、七郎右衛門は考えたのだ。

「大野にお庭番が入ってきたことを、こちらは知っている。そういう話を幕府の方へ、それとなく伝えてみればいいと思いましてな」

大野の山に、お庭番が点けた明かりを見たと話すのだ。それが七郎右衛門の思い込みであれば、話を聞いても幕府は動かない。

「山に明かりが見えた。留守居役殿が、中奥坊主へ伝えたのは、ただそれだけのことですから」

しかし、お庭番が大野の山に潜んでいたことを、幕府が承知していたとしたら。

「そしてそんな時、大野藩が、例えば大坂加番の勤めを望んだら、どうなるか」

何か動きがあるかもしれない。七郎右衛門は、とにかくやってみたのだ。

「大野藩は、大坂加番のお役目を頂けました」

「お……おおっ」

だからといって、幕府がお庭番を大野へ入れたと、認めたわけでもない。

「大野藩の江戸留守居役が、たまたま江戸城の中奥坊主殿へ、山の明かりのことを話した。その後、藩は欲しかったお役目を、たまたま頂けた。それだけのことかもしれませぬ」

とにかく、これで大野藩は助かった。二つの屋敷を建て直せるのだ。ただ。

「もし本当にお庭番が、大野へ来ていたとしたら、何故か。そのわけは未だに分からぬ」

山がちの小さな譜代に、幕府が知りたいことなどあるのか。七郎右衛門にも、見当がつかないのだ。

目の前の二人も、炭になった戸板を手に、黙ったまま首を傾げている。その後、先に口を開いたのは、長右衛門の方だ。

「七郎右衛門殿、明かりの話を伝える相手に、時斗之間勤めの中奥坊主を選んだのは、何故でしょうか」

「あの部屋の中奥坊主は、江戸城で御用取次に属しておるそうな。そして御用取次は、お庭番に会い、命じることのできる立場だと聞きました」

正直に言えば、あの伝言を誰に伝えるか、考えたのは七郎右衛門ではない。

「大野の新しい御家老縫右衛門殿は、色々なことに詳しい方です」

これからも頼りにすればいいと、留守居役へ伝えたところ、長右衛門は何故だか七郎右衛門へ頭を下げてくる。

一方、岡も、まずは話を語った七郎右衛門へ、礼を言った。そしてその後、何故だかため息を漏らすと、焼け焦げた戸板を思い切り蹴って、焚きつけに使う木っ端に変えた。

五

翌弘化四年。八月に大坂加番を終えた利忠公は、一旦江戸へ出て新しい藩邸へ入った後、十月に大野へ帰った。大野藩は今回の厄災も、無事切り抜けたのだ。

ただ大坂加番のおり、公が大坂で家臣達に高価な書物を買う許しを与え、学校で使えと言ったことが後で分かり、騒ぎとなった。何しろ書物購入の話を聞いた隆佐が喜び、あれもこれも必要だと、大坂まで文を送ったのだ。よって後に書物問屋から、とんでもない額の支払いを求められ、勝手方の者が魂消た。

「隆佐兄者、七郎右衛門兄者に追いかけられ、大野中を駆け回ることになりますよ」

新堀の屋敷で昼餉を共にした日、介輔は次兄に断言した。

「ううむ……ちと、買いすぎたかな。しかし、どれも必要で、素晴らしい本なのだが」

蕎麦をすする隆佐が、本当はもっと買いたかったと、懲りない話をする。介輔はどんぶりを手に、ため息をついた。

「だからって、なんで上と中、二つの江戸屋敷が燃えた時に買うんですか」

七郎右衛門は今回も、金を何とか集めろと公から言われ、必死に働いていたのだ。

「屋敷を二つ建てる分の金を、直ぐに何とか集めた、上の兄者は凄いです。ですがそれを知っていて、構わず金を使う殿と隆佐兄者も、気合いが入っているというか」

公はちゃんと、七郎右衛門の苦労を承知していた筈なのだ。大坂加番が決まったと、江戸から大野へ知らせが入った時、七郎右衛門が何か手を打ったなと、殿は断言したらしい。それくらい今回の大坂加番決定は、都合が良すぎる話であった。

介輔は大野の城内に飛び交った、あり得ない噂を幾つも聞いていた。七郎右衛門が幕府のお偉方を脅し、役目を手に入れたとか、天狗と取引して、幸運の玉をもらったとか、妙な話がちまたに溢れていたのだ。

「いや、な。加番の為、大坂へお供した渡辺や高井に、殿から本を買っても良いと、お声が掛かったのだ。そう言われたら、その気になるだろうが」

隆佐は、今にも七郎右衛門が現れて怒るのではないかと、ちょいと首をすくめ玄関を見る。しかし本が大野へ届いたというのに、七郎右衛門は今回、新堀へも明倫館へも、顔を見せていなかった。怒る様子がないのだ。

「兄者は具合が悪いのか？」

隆佐が真剣に弟へ問う。介輔は眉尻を下げた後、七郎右衛門は寝付いていないと、はっきり言った。ただ。

「そういえば最近兄者は、義姉上としょっちゅう、話をしておいでですが」

「おいおい、また夫婦喧嘩でもしているのか？」

隆佐の妻、偉志子の軽い頼みが元で、七郎右衛門夫婦は以前、とんでもなく揉めてしまっている。だが介輔は首を横に振った。

「いえ、静かに話しているだけですが」

ただ一体何を語っているのか、介輔には教えてくれないのだ。そして七郎右衛門達の話し合いは、このところ毎日続いていた。


翌日の昼下がり。七郎右衛門は屋敷の居間で二人きりになると、今日も妻へ頭を下げた。言い訳すら出来ないことが起きたのだから、頭を低くして話すしかない。

とにかく、この話には期限があるのだ。

「その、じつはな。上方へ行っていたおりに、あちらのおなごと縁を得た。三味線の師匠で、お千という」

お千は縁づいたが子ができず、離縁されたおなごであった。そして、七郎右衛門よりはるかに稼ぐ三味線の腕を持っていたので、二人はつかず離れず、たまに会うのみの、気楽な間柄になっていた。

ところが。そう言いかけ、一旦話を切った。この話をするとき、七郎右衛門は未だに驚きを感じてしまうのだ。

「お千が、来年子が生まれると言ってきた」

上方から、文が届けられたのだ。お千は腹の子を、自分が大坂で育てると言っている。三味線の師匠だから金はある上、弟子が山ほどいて、あちこちから助けてもらえる。だから、ちゃんと一人で育てていけるというのだ。

「何より、諦めていた子を授かったからには、何があっても己で育てたいとか」

本当は、七郎右衛門には黙っていようとか、他の男の子だと言って、誤魔化そうかとも考えたらしい。そうすれば、子を取り上げられる恐れがなくなるからだ。

しかしお千は、七郎右衛門も子を得られず、ずっと欲しがっていたことを知っていた。

「それで、大野に知らせてくれたのですね。ええ、ここまでは何度もお聞きしました」

妻の言葉を聞き、七郎右衛門が頷く。確かに事情は、既に繰り返し語った。そして……この辺りで、みなは決まって黙り込んでしまうのだ。

最初は話を聞き、衝撃を受けたのだと思った。

次に、七郎右衛門に怒りを覚えたのかも知れぬと考えた。一緒に温泉へ行こうなどと話していた夫には、別におなごがいたのだ。

更にもしかしたら、みなは返答が出ぬのだろうと考えた。七郎右衛門に子ができた。つまりこれは、祝いを言う者すらいる話なのだ。しかし、みなは喜べていないに違いない。

そして。

（もし子を引き取ったら、可愛がれるか、考えているのだろう）

揉めるのを承知で、みなへ、生まれてくる子の話を伝えたのだ。つまり七郎右衛門は、赤子を内山家へ引き取り、跡取りにしたいと考えていた。

それが分かるから、みなは簡単に返答ができないでいるのだろう。よって毎日この辺りで、話が終わってしまうのだ。

（後で、情が移りませんでしたと言うくらいなら、上方から引き取ってはいけない。みなは、それくらい考えるおなごだ）

それに、みなが大野で母となるなら、毎日もらい乳をすることを考えねばならない。引き取りたいのは七郎右衛門なのに、男だし、勤めに出るので面倒はみられない。だから色々苦労を背負うのは、みなになる。七郎右衛門は、己は勝手だと身に染み、迷いもあった。

（無理をせず、とりあえず生みの母であるお千に、育ててもらう方がよいのか）

だが一旦上方の町屋で育ってしまえば、大野の武家仲間には馴染みづらかろう。後から引き取るのは難しいと、七郎右衛門には分かっていた。それで、何日も話を続けたのだ。

（それでも、そろそろ……諦めるべき時か）

みなが根負けし、折れるまで粘ってはいけない。七郎右衛門は腹にすっと力を籠めると、妻をもう一度見つめ直した。正直に言えば、みなとの話し合いより、藩の明日を左右するほどの金を動かす方が、よほど楽だった。

するとこの日はそこで、思いも掛けないことが起きた。突然介輔の声がして、遠慮もなく障子戸が開いたのだ。

「兄者、ちょっとよいですか」

目を向けると、何故だか隆佐も部屋へ入って来た。そして思いがけないことに、後ろから赤子を連れた偉志子が続いたのだ。

隆佐のところでは、慎太郎の下に、妹のせんと、かねが生まれていた。そして隆佐達は七郎右衛門夫婦と向き合うと、思いも掛けないことを言ってきた。

「大坂で本を山と買ったというのに、怒った兄者がうちへ来ぬ。これは藩にまた余程の大事が起こり、兄者が困っておるのだと思ってな」

それで隆佐は、事情を彦助に問うたのだ。すると利忠公の近習は、七郎右衛門の身内だから良かろうと、公と御家老がしていた話を、隆佐に伝えたという。

「なぜここで、わが殿と舅殿の話になるのだ」

「兄者、上方で縁が出来たおなごに、子が生まれるそうだな?」

公までがそのことを承知と知り、みなは呆然とし、七郎右衛門は顔が熱くなるのを感じた。彦助によると、側室がいるのは当然という立場の公は、あっさりめでたいと言われたらしい。

舅の縫右衛門はなんと、お千のことを隠していた件で、娘のみなに叱られ、しょげていたという。

「少なくとも彦助殿は、そう言っておった」

「まぁ、父上がそのような……」

今度はみなが、顔を赤くしている。するとここで、偉志子が話を継いだ。

「御家老様は生まれてくる義理の孫を、きちんと大野へ迎えるおつもりで、その話を殿へお伝えしたのかもしれません。けれど」

七郎右衛門とみなの話は、まだ終わっていない。なのに、外堀を埋められるようなやり方をされるのは嫌であろうと、偉志子はみなへ言ったのだ。だから。

「義姉上、生まれてくる赤子ですが、あたしが引き取るというのは、いかがでしょう」

「は？」

この話には、みなだけでなく、七郎右衛門も目を丸くする。だがどうやら、偉志子も隆佐も、本気のようであった。

「勿論、義兄上の子として、大野で育つわけですが。ただどのみち、赤子には乳が必要ですから」

偉志子はちょうど今、赤子を抱えている。だから一緒に世話すると言って、新堀の家に赤子を引き取っていても、それほど妙ではなかろうと言うのだ。

「義兄上は、時々顔を見せて下さいまし。うちの人が父親だと、赤子に思われないように」

そうすれば、みなはゆっくりと先々を考えることが出来ると言われて、七郎右衛門は弟夫婦を見つめた。

「これは……ありがたい話だ。だが二人に、それは世話をかけるぞ。申し訳ない」

隆佐が笑った。

「兄者、迷っていると、赤子が生まれてしまうぞ」

みなが否とは言わなかったので、七郎右衛門はとりあえず上方へ、赤子を大野へ引き取りたいと伝えることができた。

だが大野で話が進んでも、今度はお千が承知しない。産むのはこっちなのだからと、上方から逃げ出す勢いで、赤子は渡さないと言い出した。幕府とも臆せず対峙した男も、今回はなすすべがなく、ただ困り切ってしまった。

するとそこで、なんと布屋が、お千との間に入った。

「しょうがおまへんな。七郎右衛門はん、貸し一つやから。覚えておいてな」

そう言うと、どうやったのかあっさり話をまとめたのだ。赤子は生まれて暫くしたら、大野へ引き取られることに決まった。

「これはかたじけない。布屋、本当にありがたいことだ。だが、お千は納得したのか」

急に話がついたと知らせを受け、七郎右衛門は急ぎ上方へ向かった。そして料理屋でお千と会い、次に布屋へ呆然とした目を向ける。布屋は笑ったが、大きなお腹を抱えたお千は、ぷいと横を向いたのだ。

（やはりというか、喜んで赤子を手放すわけではないんだな）

布屋が挨拶をし、やんわりと事情を伝えようとしたところ、お千が先に話し出した。

「あのな、布屋の旦さんになんと言われようと、お腹の子、渡す気はなかったんや」

会いたければ、七郎右衛門がたまに上方へ来ればいい。そうするのが、子を欲しがっていた二人にとって一番いいと、お千は本気で思っていたのだ。ところが。

「布屋の旦さんが、甘いこと考えとったら、いかん言わはった」

お千は少し難儀そうに立ち上がると、腹を庇うように手を当てつつ、七郎右衛門の側へ来た。そして大商人が容赦なく、お千に突きつけてきたことを語ったのだ。

「今はわて、七郎右衛門はんより多いくらいの、稼ぎがおます。けど、それは若いうちだけやと言われましたわ」

勿論、お千の三味線の腕は素晴らしい。お千ならば歳を重ねても、その腕で働き口を見つけられるだろう。ただ。

「今のように稼ぐのも、弟子を沢山持つのも、じき、無理になるんやて。潮目が変わるんは、そんなに先の話やないそうな」

これから子持ちで働こうとするなら、なおさらだという。男どもは、赤子に気を取られているおなごより、まだ十代の綺麗な姐さん達を、もてはやし始めるのだ。

お千は立ったまま、半分泣きそうな顔で、七郎右衛門を見下ろしている。そのまま泣くかと思ったが、しかし涙はこぼさなかった。

「それでも最初は頑張れると、布屋さんは言わはるの。母親は強いんやから」

だがその内、事情が変わってくる。男でもおなごでも十代も半ばになると、己で稼げるようになる者がいる。一方四十近くになると、おなごが一人、芸事で多く稼ぐのは厳しい。

「わてもじき、子供にすがるようになるんやて」

親だから、育てたのだから、当たり前だと周りは言う。お千も、そう思うかもしれない。しかし、だ。

「お腹の子には、他の道もあるんよ。大野へ行けば、百三十石の家の跡取りや」

藩主の覚えもめでたいというから、七郎右衛門はもっと出世するかもしれない。お千の赤子はその家を継げるのだ。子は多分一生、食べるに困らない。跡取りだから、たとえおなごでも、お千のように家から追い出されることはない。お千は、七郎右衛門へ顔を寄せてきた。

「年頃になったら、この子は大野で釣り合う相手と縁を結ぶわな。孫も生まれるやろ。歳取った母親に、食わせてくれ、金を稼いでくれと言われてすがりつかれるより、ええ一生を送れそうや。布屋さん、そう言わはったの」

布屋が語ったのは、お千が目も向けなかった、ずっと先のことであった。そして子を手元に残した方が、お千自身は楽だろうと続けたのだ。先々一人きりになり、食べられなくなる怖さを抱えずに済む。

「なぁに、子を頼ることは、悪いことやあらへん。皆、そうしてますわいな」

布屋は言う。ただお千の子には、選べる道があった。いや親が選んでやれる道、というべきだろうか。

「自分が楽か子が楽か、選べと言われたんや。そりゃ、端から答えは出てますわいな」

己が楽な道を選ぶ親などいない。そう言い切ったお千を、七郎右衛門は眩しそうに見た。

（やっぱり、いいおなごだ）

するとここで布屋が口の端を引き上げ、お千の先々は、七郎右衛門がちゃんと面倒をみるように言ってくる。

「跡取り産んでくれるんや。それくらい、するもんでっせ」

「もちろん、放り出したりはせぬ。この言葉、違えたりもせぬ。布屋、覚えておいてくれ」

「あほらし」

お千に舌を出された。若い今だから、その約束に舌を出せるのだと布屋が言い、お千は、そうかもしれないと口にする。

「ただ……きっと歳取っても、頑張って舌、出してみせますわ」

お腹の子に、約束だとお千は告げていた。

そして一旦、七郎右衛門は大野へ帰った。年を越して生まれてみると、赤子はおなごであった。名はなんと、みなが付け、上方へ文をやった。

しかしその後、お千は子と離れがたいと、なかなか大野へやってこない。余り時が経つのも拙いと、七郎右衛門が乳の出る偉志子へ同道を頼み、上方へ迎えに行った。そして。

驚いたことに、みなもその旅に、自分から加わったのだ。突然家に現れた七郎右衛門の妻から、詫びと礼を言われ、お千はようやく、やわやわと柔らかい赤子を託してきた。夜泣きをするとか、寒がりだとか、色々話が交わされた。そして最後にお千は、一つ、聞きたい事があると口にする。

「赤子に〝いし〟と名付けたのは、みな様だと文に書いてありました。どうしてこの子に、その名を付けたのですか」

「義妹の名から頂きました。この子の、もう一人の母ですから」

偉志子がみなに、赤子の母になると、腹を決めさせてくれたのだ。

「わたし、赤子と生きてゆくと、なかなか心を定められませんでした。すると偉志子さんが、自分が引き取ると言って下さいましたの。義弟も承知だと」

それを聞いた途端、みなは自分で育てたいと思い、驚いた。己の本心と向き合えたと言われて、お千が目を見開く。

「大野にはこの子を気に掛けてくれるお人が、仰山おられるんやね」

ならば、身内もろくにいないお千のところにいるより、大野へ向かう方がいい。

「そう思わんと、あかんね」

そして、いよいよ皆が大野へ帰るとなると、その時になってお千が、やっと声もなく泣き出した。止まらない涙を見て、七郎右衛門とみながまた深く頭を下げる。おなごの旅は簡単ではない。いしとお千は、今日が今生(こんじょう)の別れになってもおかしくないのだ。

別れの時、家の前まで出てきたお千の姿が、七郎右衛門にはか細く見えた。お千は道に立ち尽くしたまま、去って行く四人をいつまでも見送っていた。

（下巻へ続く）

本作品は学芸通信社の配信により、福井新聞、宇部日報、下野新聞、東奥日報、福島民報など十紙に二〇一七年三月〜二〇一九年四月の期間、順次掲載したものです。出版に際し加筆しております。

単行本　二〇一九年一一月　文藝春秋刊

DTP制作　言語社

文春文庫

わが殿（との）上

定価はカバーに表示してあります

2023年1月10日　第1刷

著　者　畠中恵（はたけなかめぐみ）
発行者　大沼貴之
発行所　株式会社文藝春秋

東京都千代田区紀尾井町3-23　〒102-8008
TEL　03・3265・1211㈹
文藝春秋ホームページ　http://www.bunshun.co.jp

落丁、乱丁本は、お手数ですが小社製作部宛お送り下さい。送料小社負担でお取替致します。

印刷・凸版印刷　製本・加藤製本　Printed in Japan
ISBN978-4-16-791981-8

文春文庫　畠中恵の本

（　）内は解説者。品切の節はご容赦下さい。

畠中　恵
こいしり

町名主名代ぶりは板についてきたものの、淡い想いの行方は皆目見当がつかない麻之助。両国の危ないお二イさんたちも活躍する、大好評「まんまこと」シリーズ第二弾。（細谷正充）

は-37-2

畠中　恵
こいわすれ

麻之助もついに人の親に?!　江戸町名主の跡取り息子高橋麻之助が、幼なじみの色男・清十郎、堅物・吉五郎とともに様々な謎と揉め事に立ち向かう好評シリーズ第三弾。（小谷真理）

は-37-3

畠中　恵
ときぐすり

恋女房のお寿ずを亡くし放心と傷心の日々に沈む麻之助。幼馴染の清十郎と吉五郎の助けで少しずつ心身を回復させていく。NHKでドラマ化もされた好評シリーズ第四弾。（吉田紀子）

は-37-4

畠中　恵
まったなし

妻を亡くした悲しみが癒えぬ麻之助。年の離れた許婚のいる堅物の吉五郎とともに、色男・清十郎に運命の人が現れることを願うが――「まんまこと」シリーズ第五弾！（福士誠治）

は-37-5

畠中　恵
ひとめぼれ

盟友・吉五郎の様子が最近ヘンなのは、許嫁の一葉のせい？　町名主の跡取り息子・麻之助が様々な謎ともめ事に挑む大人気シリーズ。そんな彼にも新たな出会いが――。（紗久楽さわ）

は-37-6

畠中　恵
かわたれどき

清十郎が親になり周囲に祝い事が続くが、麻之助に来るのはもめ事ばかり。そんななか持ち込まれた縁談に「そろそろ時が来ているのかねぇ」。大人気シリーズ、必読の第七弾。（南　伸坊）

は-37-7

安部龍太郎
等伯（上下）
武士に生まれながら、天下一の絵師をめざして京に上り、戦国の世でたび重なる悲劇に見舞われつつも、己の道を信じた長谷川等伯の一代記を描く傑作長編。直木賞受賞。（島内景二）
あ-32-4

安部龍太郎
宗麟の海
信長より早く海外貿易を行い、硝石、鉛を輸入、鉄砲をいち早く整備。宣教師たちの助力で知力と軍事力を駆使して瞬く間に九州を制覇した大友宗麟の姿を描く歴史叙事詩。（鹿毛敏夫）
あ-32-8

安能　務
始皇帝　中華帝国の開祖
始皇帝は〝暴君〟ではなく〝名君〟だった!?　世界で初めて政治力学を意識し中華帝国を創り上げた男。その人物像に迫りつつ、現代にも通じる政治学を解きあかす一冊。（冨谷　至）
あ-33-4

浅田次郎
壬生義士伝（上下）
「死にたぐねえから、人を斬るのす」――生活苦から南部藩を脱藩し、壬生浪と呼ばれた新選組で人の道を見失わず生きた吉村貫一郎の運命。第十三回柴田錬三郎賞受賞。（久世光彦）
あ-39-2

浅田次郎
一刀斎夢録（上下）
怒濤の幕末を生き延び、明治の世では警視庁の一員として西南戦争を戦った新選組三番隊長・斎藤一の眼を通して描き出される感動ドラマ。新選組三部作ついに完結！（山本兼一）
あ-39-12

浅田次郎
黒書院の六兵衛（上下）
江戸城明渡しが迫る中、てこでも動かぬ謎の武士ひとり。勝海舟や西郷隆盛も現れて、城中は右往左往。六兵衛とは一体何者か？笑って泣いて感動の結末へ。奇想天外の傑作。（青山文平）
あ-39-16

あさのあつこ
燦—1—風の刃
疾風のように現れ、藩主を襲った異能の刺客・燦。彼と剣を交えた家老の嫡男・伊月。別世界で生きていた二人には隠された宿命があった。少年の葛藤と成長を描く文庫オリジナルシリーズ。
あ-43-5

（　）内は解説者。品切の節はご容赦下さい。

あさのあつこ
火群（ほむら）のごとく
兄を殺された林弥は剣の稽古の日々を送るが、家老の息子・透馬と出会い、政争と陰謀に巻き込まれる。小舞藩を舞台に少年の友情と成長を描く、著者の新たな代表作。（北上次郎）
あ-43-12

青山文平
白樫の樹の下で
田沼意次の時代から清廉な松平定信の息苦しい時代への過渡期。いまだ人を斬ったことのない貧乏御家人が名刀を手にしたとき、何かが起きる。第18回松本清張賞受賞作。（島内景二）
あ-64-1

青山文平
つまをめとらば
去った女、逝った妻……瞼に浮かぶ、獰猛なまでに美しい女たちの面影は男を惑わせる。江戸の町に乱れ咲く、男と女の性と業。女という圧倒的リアル！　直木賞受賞作。（瀧井朝世）
あ-64-3

朝井まかて
銀の猫
嫁ぎ先を離縁され「介抱人」として稼ぐお咲。年寄りたちに人生を教わる一方で、妾奉公を繰り返し身勝手に生きてきた、自分の母親を許せない。江戸の介護を描く傑作長編。（秋山香乃）
あ-81-1

朝松　健
血と炎の京（みやこ）
私本・応仁の乱
応仁の乱は地獄の戦さだった。花の都は縦横に走る塹壕で切り刻まれ、唐土の殺戮兵器が唸る。戦場を走る復讐鬼・道賢と、救いを希う日野富子を描く書下ろし歴史伝奇。田中芳樹氏推薦。
あ-85-1

井上ひさし
手鎖心中
材木問屋の若旦那、栄次郎は、絵草紙の人気作者になりたいと願うあまり馬鹿馬鹿しい騒ぎを起こし……歌舞伎化もされた直木賞受賞作。表題作ほか「江戸の夕立ち」を収録。（中村勘三郎）
い-3-28

井上ひさし
東慶寺花だより
離縁を望み決死の覚悟で鎌倉の「駆け込み寺」へ——女たちの事情、強さと家族の絆を軽やかに描いて胸に迫る涙と笑いの時代連作集。著者が十年をかけて紡いだ遺作。（長部日出雄）
い-3-32

池波正太郎
火の国の城（上下）

関ヶ原の戦いに死んだと思われていた忍者、丹波大介は雌伏五年、傷ついた青春の血を再びたぎらせる。家康の魔手から加藤清正を守る大介と女忍び於蝶の大活躍。（佐藤隆介）

い-4-78

池波正太郎
秘密

家老の子息を斬殺し、討手から身を隠して生きる片桐宗春。だが人の情けに触れ、医師として暮すうち、その心はある境地に達する——。最晩年の著者が描く時代物長篇。（里中哲彦）

い-4-95

池波正太郎
その男（全三冊）

杉虎之助は大川に身投げをしたところを謎の剣士に助けられる。こうして〝その男〟の波瀾の人生が幕を開けた——。幕末から明治へ、維新史の断面を見事に剔る長編。（奥山景布子）

い-4-131

稲葉　稔
武士の流儀（一）

元は風烈廻りの与力の清兵衛は、倅に家督を譲っての若隠居生活。平穏が一番の毎日だが、若い侍が斬りつけられる現場に居合わせたことで、遺された友の手助けをすることになり……。

い-91-12

伊東　潤
王になろうとした男

信長の大いなる夢にインスパイアされた家臣たち。毛利新助、原田直政、荒木村重、津田信澄、黒人の彌介。いつ寝首をかくか、かかれるかの時代の峻烈な生と死を描く短編集。（高橋英樹）

い-100-1

伊東　潤
天下人の茶

政治とともに世に出、政治によって抹殺された千利休。その高弟たちによって語られる秀吉との相克。弟子たちの生涯から利休の求めた理想の茶の湯とその死の真相に迫る。（橋本麻里）

い-100-2

宇江佐真理
幻の声　髪結い伊三次捕物余話

町方同心の下で働く伊三次は、事件を追って今日も東奔西走。江戸庶民のきめ細かな人間関係を描き、現代を感じさせる珠玉の五話。選考委員絶賛のオール讀物新人賞受賞作。（常盤新平）

う-11-1